DIE ZEIT

Fantastische Geschichten für junge Leser

Elaine Horseman
Zauberei im alten Haus

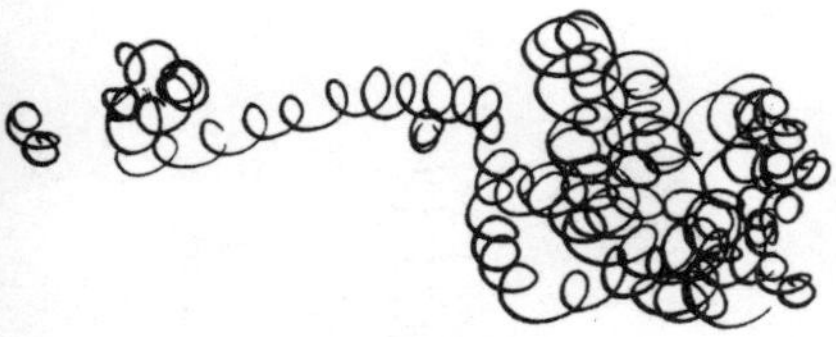

Aus dem Englischen von Sybil Gräfin Schönfeldt

Mit Illustrationen von Karlheinz Groß

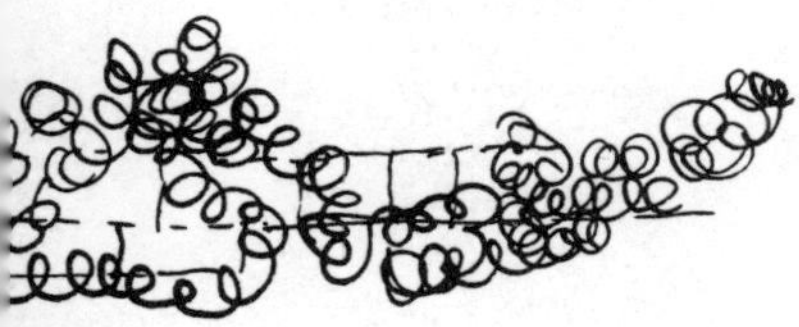

Zeitverlag Gerd Bucerius GmbH & Co. KG

Lizenzausgabe des Zeitverlag Gerd Bucerius GmbH & Co. KG
für DIE ZEIT Edition. Fantastische Geschichten für junge Leser 2008
Herausgeberin: Susanne Gaschke

Originaltitel: *Hubble's Bubble*
Deutsch von Sybil Gräfin Schönfeldt
Illustrationen von Karlheinz Groß

Umschlagillustration: Sabine Wilharm
Umschlaggestaltung: Buchholz Graphiker
Umbruch, Satz & Repro: Buch-Werkstatt GmbH, Bad Aibling
Druck und Bindung: CPI Books GmbH, Leck
Printed in Germany
ISBN 978-3-938899-38-0

Inhalt

Treffpunkt Mitternacht

»Unsere Glock' hat zwölf geschlagen. Es ist eine klare Nacht. Die Stadt ist wohl bewacht!«

Latchum, der alte Nachtwächter, machte seinen Rundgang über den Domplatz von Stoweminster. Sein langer, verschossener schwarzer Mantel wehte lose um ihn herum, dazu trug er einen schwarzen breitrandigen Hut und einen kräftigen Knotenstock; alles Sachen, die er samt dem Mantel von seinem Vater geerbt hatte, der auch schon Nachtwächter gewesen war. Er sah aus, als ob er direkt einem historischen Roman entstiegen sei, aber Latchum lebte im 20. Jahrhundert und trug statt einer Laterne eine starke elektrische Taschenlampe.

Plötzlich verhielt er den Schritt und schnupperte wie ein Suchhund, der auf eine verdächtige Fährte gestoßen ist. »Das ist aber ein höchst eigenartiger Geruch«, murmelte er, »da möcht ich doch wirklich wissen, wo der herkommt.« Er knipste seine Lampe an, und der helle Lichtstrahl fuhr einen Augenblick über die Fenster eines der beiden alten Häuser, die so dicht aneinandergeschmiegt standen, als ob sie sich gegenseitig stützen müssten. Nichts rührte sich. Latchum schob seinen Hut zurück und kratzte sich nachdenklich die grauen Haare. Vielleicht war es Miss Trinket, überlegte er, vielleicht kochte sie Fisch für ihre Katzen. Freilich, eine etwas merkwürdige Tageszeit für solche Unternehmungen, aber manche Leute hatten eben manchmal merkwürdige Ideen. Er schnüffelte noch einmal. Nein, eigentlich roch es auch gar nicht nach Kochfisch. Und es war auch kein Brandgeruch ... Plötzlich kam ihm ein neuer Gedanke. Er nickte grimmig vor sich hin.

»Ah, ich weiß schon. Das sind diese Hubbles. Dafür könnt ich die Hand ins Feuer legen, dass die sich wieder irgendeinen Unsinn ausgedacht haben.« Er drehte sich um und ließ das Licht seiner Taschenlampe über das andere Haus wandern. Es war größer als das von Miss Trinket, und es lag halb verborgen hinter einer hohen, von wildem Wein überwucherten Mauer. Er entdeckte jedoch keine Spur von den Hubbles.

»Das will ich mir auch verbeten haben«, grollte Latchum. Er konnte nicht umhin, sich an bestimmte Scharmützel zu erinnern, die er früher einmal mit den beiden Hubble-Kindern eben an dieser Stelle ausgetragen hatte.

»Wenn sie klug sind, dann bleiben sie mir aus den Augen!«

Er marschierte weiter, und seine eisenbeschlagenen Stiefel klirrten und polterten laut auf den Pflastersteinen.

Es war wahrhaftig ein sonderbarer Geruch. Er drang aus einem der Kellergitter neben der Küchentür des einen alten Hauses heraus. Wenn Latchum etwas aufmerksamer gewesen wäre, dann hätte er auch die dünne weiße Dampfwolke bemerkt, die sich wie ein Fragezeichen zwischen

den Gitterstäben hindurchwand. Und wenn er noch dazu die Ohren gespitzt hätte, so hätte er ein merkwürdiges Geräusch vernommen:
Blubb – blubb – blubb ... wie ein Topf, in dem etwas zu kochen beginnt. Und genau darum handelte es sich auch. Aber wer, glaubt ihr, kochte noch um Mitternacht im Keller? Das waren natürlich Latchums Widersacher, die beiden Hubble-Kinder, und sie waren ganz in einen geheimen Versuch vertieft.
Alarich Hubble war zumindest ganz vertieft. Er rührte

etwas in einem verrosteten schwarzen Kessel ohne Deckel, der über einem Holzkohlenfeuer an einem Dreibein hing. Schwaden von Dampf stiegen zur niedrigen Decke und schwächten das gelbliche Licht der beiden kleinen Petroleumlampen ab, die auf einer Werkbank standen.

»Jetzt hat's aber doch sicher lang genug gekocht?«, erkundigte sich Sarah Hubble ungeduldig. Wie als Antwort wallte die sämige grüne Flüssigkeit in dem Kessel auf und schickte sich an, überzukochen.

Blubb-blubb!

Alarich wickelte sich schnell sein Taschentuch um die rechte Hand, nahm den heißen Kessel vom Haken und setzte ihn vorsichtig auf den Steinfußboden des Kellers. »Puh!«, sagte er und wischte sich die feuchte Stirn. »Das ist eine heiße Arbeit, was, Sarah?«

Sarah hielt sich ihre kleine rosa Nase vorsichtig mit Daumen und Zeigefinger zu. »Puh, was für ein Gestank! Wie Kohl und Zwiebeln und äh – gesalzene Heringe und« – sie zögerte – »ja, und dann noch Bohnerwachs, alles zusammen.«

Sie fing an, aufgeregt herumzutanzen.

»Glaubst du wirklich, dass es klappt, Alarich? Bist du fest davon überzeugt?«

Der zwölfjährige Alarich warf seiner jüngeren Schwester einen mild-belustigten Blick über den Rand seiner Brille zu. Er hatte sie auf die Nasenspitze geschoben, weil sie vom Dampf immer wieder beschlug, so dass er alles nur wie durch eine dicke Nebelwand hindurch sehen konnte.

»Klappen? Kann schon sein«, erwiderte er vorsichtig.

Das dritte Mitglied der Gesellschaft war eine große, magere schwarze Katze, die bis jetzt zusammengerollt in einer Ecke gelegen hatte. Sie erhob sich jetzt, machte einen Buckel und kam näher. Ihre Schnurrhaare bebten vor Neugier. Sarah schob sie mit dem Fuß beiseite. »Tut mir leid, Satan, das hier ist nichts für dich, alter Knabe.«
Alarich sagte: »Nimm ihn jetzt lieber schon weg. Hier ist der Schlüssel, aber pass auf, dass du die Tür zuschließt, wenn du rausgehst. Wenn du wiederkommst, musst du hier hinter mir aufräumen. Vielleicht kann ich's dann nicht mehr.«
Sarah starrte Alarich mit aufgerissenen Augen an.
»Wie lange dauert es denn, wenn es wirklich funktioniert?«
Alarich schaute in ein kleines Buch, das aufgeschlagen auf dem Tisch lag. »Hier steht: um vier Tage herum. Das ist ein bisschen – na – zumindest unbestimmt ausgedrückt. Ich mag so etwas gar nicht. Es ist nicht wissenschaftlich, verstehst du? Ich bin für präzise Angaben. Wenn das Buch zum Beispiel gesagt hätte: drei Tage, 19 Stunden, 8 Minuten ...«
»12 Sekunden ...«, unterbrach ihn Sarah lächelnd.
»Ja, das wäre eine exakte Angabe. Aber so – na ja, wir können's nicht ändern. Und jetzt schieb ab.«
Sarah beugte sich nieder und fing den schwarzen Kater ein.
»Hoffentlich hast du nicht vergessen, was du mit Satan machen sollst«, sagte Alarich beunruhigt, »zähl's noch mal auf.«

»Ich trage ihn auf den Boden«, wiederholte Sarah die Lektion, die ihr der Bruder am vorhergehenden Tage eingebläut hatte, »dann schließe ich ihn ein. Ich bringe ihm jeden Tag Essen und Wasser, bis ...«

»... bis das Experiment beendet sein wird«, schloss Alarich an ihrer Stelle den Satz, »er kann sich zur Abwechslung ruhig einmal damit amüsieren, ein paar Mäuse zu fangen, das faule alte Biest.« Sarah nickte und lief mit Satan davon.

Alarich setzte sich auf einen hochbeinigen Stuhl vor den Arbeitstisch und putzte seine Brille. Dann hob er sein Buch auf und vertiefte sich in die merkwürdige spinnenzarte Schrift, die das ganze Blatt bedeckte. »Wenn die Flüssigkeit abgekühlt ist, so wasche dir das Gesicht und die Hände darin«, las er laut. Dann wiederholte er diese Zeile ein paarmal, als ob er sich davon überzeugen wollte, dass er sie richtig verstanden hatte. Bei einem solchen Unternehmen durfte er keinen Fehler begehen.

Der Kessel stieß keine Dampfwolken mehr aus. Alarich steckte vorsichtig einen Finger in die grüne Flüssigkeit und murmelte: »Kühl genug.«

Er holte tief Atem, um sich Mut zu machen, und dann steckte er die ganze Hand hinein. Er zog sie wieder heraus und starrte sie ein paar Minuten lang eindringlich an. Ein zäher, grüner Tropfen rann sein Handgelenk entlang und fiel auf die offene Seite des Buches – platsch.

Plötzlich rief er: »Oh, wie herrlich!«, und sprang auf die Füße. Sein Gesicht leuchtete vor Aufregung. »Es klappt – es klappt tatsächlich!«

Er starrte seine Finger an. Sie waren krumm und klein geworden und endeten in messerscharfen Krallen. Seine ganze Hand war geschrumpft. Glänzendes schwarzes Fell an der Oberseite, samtweiche Polster an der Unterseite: Das war keine Jungenshand mehr, das war eine Katzenpfote.

Das Geheimnis

Sarah kniete auf dem Gartenpfad. Sie schrieb etwas mit einem schwarzen Ölkreidestift auf ein rechteckiges Stück weiße Pappe, das sie sich aus dem Deckel eines Schuhkartons geschnitten hatte. Als sie damit fertig war, lief sie zu dem Schuppen am anderen Ende des Gartens und suchte sich einen Bambusstab. Dann lief sie zurück, steckte ihr Plakat über den Stock, bohrte ihn tief in die Erde und trat einen Schritt zurück, um ihr Kunstwerk bewundern zu können. Und das hatte sie auf die Pappe geschrieben:

SARAH HUBBLES GARTEN
ZUTRITT VERBOTEN

Sie hätte eigentlich noch »Zuwiderhandlungen werden bestraft« hinzusetzen wollen, aber auf der Pappe war kein Platz mehr gewesen. »Das wird's ihnen zeigen«, murmelte sie zufrieden. Der alte Mr. Hubble, Sarahs Großvater, hatte ihr dies Stück Garten geschenkt, als sie erst vier Jahre alt war. Und jetzt war sie acht. Dort wuchsen hohe blaue Lupinen, die wie Pfeffer rochen, goldene Stiefmütterchen und süß duftende Reseden. Ein paar strahlendgelbe Löwenzahnpflanzen hatten sich von ganz alleine angesiedelt, aber

am allermeisten liebte Sarah ihren Klatschmohn. Der alte Gowdy, der Gärtner, hatte im großen Garten auch Mohnpflanzen, aber sie waren dort längst verblüht, während Sarahs Mohn noch in voller Blüte stand. Jeden Tag nahm sie ihre Nagelschere und schnitt die verwelkten Blüten ab. Sie wusste, dass auch ihre Mohnblumen welken und verblühen würden, wenn sie erst einmal Samen ansetzten. Alarich besaß direkt neben Sarahs Garten ebenfalls ein Stück Land. Aber Alarich hielt nichts von Mohnblumen. Seine Beete waren von kleinen Kräuterbüschen bedeckt: Rosmarin und Basilikum, Minze, Thymian und Salbei. Dort wuchs die Eberraute mit ihren aromatischen Blättern und dort drüben Lavendel, der wie lauter dicke, runde Nadelkissen aussah, die mit den langen violetten Blütennadeln gespickt waren. Alarich war ein praktischer Junge. Er hatte diese Kräuter aus einem ganz bestimmten Zweck angebaut. Er schnitt sie und band sie zu kleinen, ordentlichen Bündeln zusammen, die er für ein paar Pennies an Mrs. Bowles verkaufte, die Haushälterin des Großvaters, oder an andere ältere Damen, die wie Miss Trinket von nebenan am Domplatz wohnten. Auf diese Weise konnte er sein Taschengeld etwas aufbessern, denn Großvater Hubble war alt und geistesabwesend, und er vergaß auch oft ganz und gar, ihnen Taschengeld zu geben.
Sarah streichelte die seidenglatten knallroten Blätter einer Mohnblume. Sie fuhr gedankenvoll mit den Fingern über eine fest verschlossene Knospe und über einen der haarigen Stängel. Sie war gerade dabei, ein Gedicht auf ihre Mohnblume zu machen:

Sanft wie ein Schmetterling,
rot wie die Sonne,
rot, sanft und zart,
Mohn, meine Wonne.
Doch der Stiel ist so rau
wie ein Stachelbeerfell,
wie Großvaters Backe,
Mohn, mein Sommergesell.

Manchmal behielt Sarah ihre Gedichte und schrieb sie in ihr geheimes Notizbuch mit dem blauen Deckel. Aber meistens vergaß sie sie wieder. Sie wollte gerade mit der nächsten Strophe anfangen, da begannen die Glocken der Kathedrale durch den Frieden des Julinachmittags zu dröhnen. Sie klangen sehr laut, so laut, dass ihr Klang noch in Sarahs Ohr nachhallte, als die Glocken längst verstummt waren. Die Kathedrale war ebenso nah. Wenn Sarah den Kopf hob, konnte sie die sonnenüberflutete Turmspitze direkt hinter Großvaters rotem Ziegeldach emporragen sehen.

Vier Uhr! Sarah vergaß ihr Gedicht. Sie verlor ihren träumerischen Gesichtsausdruck und zog stattdessen die Stirn kraus und den Mund herunter. Um halb zehn hatte ihr Bowley mitgeteilt, dass Besuch kommen würde, ein Mädchen und zwei Jungen, die Nichte und die Neffen von Bowley.

»Alberne Affen«, murmelte Sarah und warf den Kopf wütend in den Nacken, »ich bin ganz bestimmt nicht da, wenn sie ankommen.«

Sie hakte eine kleine Weidentür auf und betrat einen gepflasterten Hof, zwischen dessen Steinen dichtes grünes Moos wuchs, und wo weiße und bunte Hühner friedlich gackerten und nach Futter scharrten. Vor der Garagentür stand »Adelaide«, Großvater Hubbles betagter Rolls-Royce. Das Auto wurde gerade von Harry gewaschen, Bowleys erwachsenem Sohn, der sehr stolz auf den Wagen war. Harry schaute auf, als Sarah vorbeilief. »Ich fahr in zehn Minuten zum Bahnhof, um die Kinder abzuholen«, sagte er in seiner freundlichen, kurz angebundenen Art, »willst du mitkommen?«
Sarah zog die Stirn kraus. »Ganz und gar nicht, danke«, erwiderte sie schnippisch, stieß das große schmiedeeiserne Tor auf der anderen Seite des Hofes auf und lief auf den Domplatz hinaus. Eine große, schlanke schwarze Katze lag zusammengerollt vor Sarahs Haus auf den Pflastersteinen, die von der Nachmittagssonne noch ganz warm waren. »He, Alarich!«, rief Sarah leise. Die Katze erhob sich, machte einen Buckel, schüttelte sich kräftig und lief hinter Sarah her. Sie gingen einen Kiesweg entlang, der breit und gut gehalten war. In der Mitte stand eine Reihe sehr alter Linden wie Wachtposten. Dies war der Bischofsgang. In bestimmten Abständen standen zwischen den Bäumen vom Alter geschwärzte Eichenpfosten, an denen die Leute früher ihre Pferde festgemacht hatten. Links lagen die würdigen alten Häuser und die friedlichen Gärten des Platzes, rechts erhob sich auf der anderen Seite des Rasens das rote alte Sandsteingemäuer der Kathedrale von Stoweminster.

Alarich drehte seinen schwarzen Fellkopf so, dass er Sarah anschauen konnte. Seine Augen waren weit aufgerissen; sie sahen wie gelbe Laternen aus. Dann schloss er sie zu schmalen Schlitzen.

»Hier riecht's so gut nach irgendetwas«, sagte er mit einer dunklen, schnurrenden Stimme, »das könnten Gurkenbrötchen sein.«

Sarah lachte. Er musste schon wieder hungrig sein.

»Das sind die Linden, Alarich, nach einem heißen Tag riechen sie doch immer so.«

Alarichs Schwanz zuckte von einer Seite zur anderen.

»Jetzt hast du's schon das zweite Mal getan«, stellte er mit müder Geduld fest.

»Was getan?«

»Mich Alarich genannt«, fauchte er, »und was, wenn uns

jemand hört? Ich bin jetzt Satan! Hast du das vergessen, du Schafsnase?«

»Es tut mir leid«, verteidigte sich Sarah schwach, »los, Satan, lass uns bis zum Ende um die Wette rennen.«

Das Ende war einer ihrer Lieblingsplätze. Es war der Winkel zwischen der hohen, steinernen Gartenmauer des Bischofspalais' und der Grenzmauer des Domplatzes. Auf der anderen Seite dieser Grenzmauer ging es steil zu einem Graben hinunter, der vor Jahrhunderten mit Wasser gefüllt gewesen war und den ganzen Domplatz umschlossen hatte. Jetzt war er ein feuchter und schattiger Garten, in dem Moos und Holunderbüsche wucherten, Brennnesseln und Pilze.

»Verruchte Tat! Dieser doofe alte Trinket hat schon wieder meine Burg kaputt gemacht!«, rief Sarah aufgebracht.

Elisha Trinket, einer der Kirchendiener, benutzte das Ende oft als Abfallplatz für das Gras, das er auf den Rasenflächen um die Kathedrale herum mähte. Am vorhergehenden Tag hatte sich Sarah daraus eine herrliche Burg gebaut. Sie hatte sogar ihr Taschentuch zerrissen, damit sie eine Fahne besaß. Aber Trinket musste schon ganz früh am Morgen mit seinem großen Reisigbesen zugange gewesen sein, denn die Burg war wieder in die Ecke gefegt worden.

»Doofer, blöder alter Trinket!« Sarah stieß mit dem Fuß in den Haufen, dass das Gras auf den Kiesweg flog.

Alarich machte es sich unterdessen unter den gewundenen Wurzeln einer Linde bequem und beobachtete seine Schwester mit erhabenem Vergnügen.

»Haltung, Haltung!«, sagte er. »Eines Tages wirst du noch vor Zorn platzen. Heute Morgen zum Beispiel, als dir Bowley die Neuigkeiten mitgeteilt hat. Ich hatte einen Augenblick lang wirklich Angst, dass du alles verraten würdest.«

Sarah warf sich neben Alarich auf den Rasen. »Na, das wär ja auch kein Wunder gewesen. Was müssen diese grässlichen Kinder auch ausgerechnet mitten in unser Geheimexperiment hereinplatzen. Ich hätt am liebsten geschrien, als mir Bowley das erzählt hat.«

»Das hast du doch auch getan, ich habe wenigstens so etwas gehört«, sagte Alarich mit etwas, was ein Lächeln gewesen wäre, wenn er sich nicht in einen Kater verwandelt hätte. Sarah streckte sich und schaute faul in das tanzende Laub der Linde hinauf. Es hatte lauter kleine Löcher, durch die der blaue Himmel schaute. Wenn man eine Weile ganz still hinaufstarrte, konnte man alle möglichen Bilder erkennen. Ein freundlicher Zwerg mit einem spitzen Hut hockte auf einem Igel. Dann fuhr der Wind durch den Zweig, der Zwerg verschwand, und an seiner Stelle erschien ein winziges Haus mit einem einzigen langen krummen Schornstein oder ein sich windender grüner Drache oder eine boshafte alte Hexe auf einem Besenstiel ...

»Wenn du mir doch mal zuhören würdest, Sarah!«, sagte Alarich heftig. »Was hat es denn für einen Zweck, wenn ich dir irgendetwas erkläre und du fängst an zu schlafen!« Er stand auf und schlich zu einem großen alten Grabstein hinüber, sprang hinauf und streckte sich oben behaglich in der Sonne aus. Sarah lief ihm gähnend nach. Sie dachte dabei, wie viel leichter es Alarich hatte. Wenn sie sich tagsüber zu einem Schläfchen zusammenrollen würde, dann würden Scharen von Leuten aufgescheucht herumrennen und sich den Kopf zerbrechen, warum sie schlief. Dabei war sie von der Mitternachtsunternehmung so müde und erschöpft.

»Ich hab dir Folgendes erklären wollen«, fuhr Alarich fort, »wenn du, so wie wir jetzt, ein Geheimnis hast, dann musst du deine Zunge hüten und deinen Verstand benutzen. Natürlich stört uns der Besuch, aber Sarah: Wirklich, du solltest ein bisschen ...«

»Du hast gut reden«, unterbrach ihn Sarah empört, »du kannst tun, was du willst, und kannst dich in der Sonne schlafen legen. Wenn du all das tun müsstest, was ich zu tun habe – und dann muss ich mich auch noch um dich kümmern!«

»Schnatter, schnatter, schnatter«, sagte Alarich gelassen, »alle Mädchen sind gleich.« Ein vergnügter kleiner Spatz flatterte gerade zu Füßen des Grabsteines auf den Rasen. Er schaute nach allen Seiten und hüpfte unbekümmert herum. Alarich beobachtete ihn nachdenklich.

»Zu komisch«, bemerkte er, »ich kann mir gar nicht vorstellen, dass ich diese kleinen Dinger fressen könnte. Mäuse auch nicht, dabei hab ich ganze Scharen von ihnen in der vorigen Nacht in unserem Haus entdeckt. Unter deinem Bett war auch eine, Sarah.«

»Das ist mir doch egal«, sagte Sarah patzig, »ich hab Mäuse gern.«

»Und dann das Katzenfutter, das Bowley heute Morgen in Satans Napf gefüllt hat – igittigitt, allein schon dieser grässliche Fischgeruch. Mir ist richtig übel geworden. Du weißt ja, wie ich Fisch hasse.«
»Eben, und deshalb müsstest du dankbar sein. Ich hab es wieder weggenommen, als sie nicht hingeschaut hat. Ich hab es dann Satan auf den Boden gebracht. Er war so hungrig, dass er fast auch noch die Schüssel gefressen hätte. Armer alter Satan.«
»Ja, es ist wirklich ein Jammer, dass wir ihn einsperren mussten. Aber das lässt sich nicht ändern. Es können ja nicht plötzlich zwei schwarze Katzen im Haus herumlaufen. Das würde Bowley sicher misstrauisch machen.« Er leckte sich hungrig die Lippen. »Was war das für ein schönes Stück Fleischpudding, das du mir vorhin mitgebracht hast. Hmhm – ich könnte noch mal so ein großes Stück vertragen.«
»Mitgebracht? Du meinst wohl: stibitzt. Wenn mich Bowley erwischt hätte, dann hätte sie verrücktgespielt. Sie wär sicher sofort raufgerannt und hätte Großpapa alles erzählt.«
Alarich lachte, und das hörte sich an, als ob er gleichzeitig prustete und nieste.
»Was ist denn daran komisch?«
»Ach, ich hab nur gerade gedacht, Großpapa und Bowley glauben, dass ich bei Tim Derry in Cranshaw bin. Und in Wirklichkeit bin ich hier direkt unter ihren Augen. Du liebe Zeit! Das wär ein schönes Durcheinander, wenn sie's herausbekämen.«

»Da hast du recht. Diese Einladung von Tim ist wirklich gerade zur rechten Zeit gekommen. Aber wird er sich nicht wundern, wenn du nicht bei ihm auftauchst?«
»O nein. Daran hab ich auch schon gedacht. Ich hab ihm gleich eine Postkarte geschrieben und gesagt, dass ich mich im Augenblick nicht wie immer fühle und dass ich lieber ein andermal zu ihm kommen würde.«
»Nicht wie immer ...« Sarah kicherte. »Das bist du wirklich nicht. Aber du bist klug«, setzte sie gerechterweise bewundernd hinzu, »du denkst wirklich an alles.«
»Ach, das ist doch gar nichts«, sagte Alarich, aber in Wirklichkeit fühlte er sich natürlich geschmeichelt. »Wenn man so eine Sache plant, dann darf man eben keine Kleinigkeit außer Acht lassen. Das ist alles. So, Sarah, und jetzt noch ein paar Punkte.«
Er zählte sie an den Krallen auf. »Erstens: Pass auf, dass diese Kinder nicht misstrauisch werden. Zweitens: Keine Streiche und keine Wutanfälle. Und dann drittens: Nenn mich nicht Alarich. Ich bin jetzt Satan, das darfst du nicht vergessen. Wer bin ich?«
»Satan«, antwortete Sarah gehorsam. »Ach, Alarich – ich meine Satan –, wegen diesem Mädchen, das Charles heißt und das bei uns wohnen soll ...«
»Sie kann nicht Charles heißen, du Trottel, Charles ist ein Jungenname.«
»Ja, aber Bowley hat trotzdem Charles gesagt. Sie muss das doch wissen. Das heißt, nein: Es war gar nicht Charles, es war Charlotte. Und die soll mit in meinem Zimmer schlafen. Wie soll ich denn nachts rauskommen, ohne dass

sie ... Achtung! Pass auf, da kommt Bowley angetrabt. Sie will, dass ich zu Hause bin, wenn die Kinder ankommen. Schnell – über die Mauer.«

Sarah kletterte über die Grenzmauer und ließ sich behände wie ein Affe auf der anderen Seite hinunter. Sie hielt sich dabei wie so viele Male vorher schon mit beiden Händen an den Efeuranken fest. Alarich folgte ihr, und sie versteckten sich hinter einem Holunderbusch. Sarah fing an zu kichern und musste sich die Hand fest auf den Mund pressen. Sie hörten, wie Bowleys Schritte vor der Mauer stoppten. Dann war alles still außer dem schläfrigen Gurren der Tauben hoch oben auf den Mauern des Doms.

»Na, so was!«, hörten sie Bowley ausrufen. Danach verklangen ihre Schritte wieder, und Sarah schlüpfte hinter dem Busch hervor.

»Na, so was!«, äffte sie Bowley nach, und ihre grünen Augen funkelten boshaft.

Alarich hob eine Pfote und entfernte ein welkes Blatt, das in seinem Fell hing.

»Wie fühlt man sich als Katze?«, erkundigte sich Sarah neugierig.

»Gar nicht schlecht«, sagte Alarich, der die meisten Dinge des Lebens gelassen hinnahm. »Es macht mir eigentlich Spaß, wenn ich nur nicht immer hungrig wäre. Der Domplatz ist für Katzen prima. Da gibt es so viel kleine Ecken und Nischen und Durchgänge, weißt du? Und dann diese vielen Gebüsche, das ist gerade das Richtige, wenn man Spatzen fangen will. Mir sind aber die vielen Fensterbänke lieber. Auf denen kann man so schön schlafen. Es ist nur schade, dass die Chorknaben nicht auch schon Ferien haben. Ich bin schon zweimal von ihnen gejagt worden. Aber trotzdem – das macht auch Spaß. Das einzig Scheußliche ist nur das mit dem Futter. Sag mal, hast du wirklich nichts mehr zu essen da?«, fragte er eindringlich.

Sarah wühlte in ihrem Blazer und zog ein klebriges Sahnebonbon und eine Rolle Lakritze heraus. »Hier – mehr hab ich nicht.«

»Na prima, für den Anfang wird das schon reichen.« Alarich packte die Lakritzenrolle und begann so mit ihr zu spielen, als ob sie eine lebendige Maus wäre. Dabei schnurrte er die ganze Zeit tief in der Kehle.

Sarah lachte. »Du siehst aber komisch aus. Wenn du damit fertig bist, solltest du doch ein bisschen spionieren gehen. Du könntest feststellen, was passiert, und könntest dir gleichzeitig die Kinder genau anschauen.« Sie kicherte wieder. »Was die wohl für Gesichter machen würden, wenn sie herausbekämen, wer du bist.«

Alarich machte einen Buckel, streckte die scharfen Krallen heraus und grinste sein Katergrinsen.

»Ich bin Satan, der schreckliche Spion!«, zischte er.

Die Besucher

Es war lange her, dass Jonathan das letzte Mal mit der Bahn gefahren war, aber jetzt, nach drei Stunden Fahrt, hatten selbst die immer neuen Stationen und die langen, dunklen Tunnel ihren Reiz verloren. Es machte keinen Spaß mehr, zu beobachten, wie die Telegrafendrähte neben den Gleisen sanken und stiegen, und es machte auch keinen Spaß mehr, die anderen auf den sonderbaren Anblick von Vögeln hinzuweisen, die nach rückwärts zu fliegen schienen, während sie der D-Zug überholte. Er gähnte. »Zu schade, dass Vati uns nicht mit dem Auto hat hinbringen können«, sagte er. Seine zehnjährige Zwillingsschwester Charlotte schaute von ihrem Buch »Die Wildpflanzen der Britischen Inseln« auf.

»Aber dann hätte Peter doch keine Bahnfahrt gehabt, er ist doch noch nie mit einem Zug gefahren.«

Sie lächelte quer durch den Wagen ihrem vierjährigen Bruder zu. Peters rechte Backe war von lauter Sahnebonbons wie geschwollen. Unter dunkelblondem Haar leuchteten zwei blaue Augen.

Peter sah Vati ähnlich, während die Zwillinge mehr nach der Mutter kamen.

»Tschtschtschtschtsch!« Das war Peter, der auf dem Sitz he-

rumhopste, Dampfwolken ausstieß und die Fahrgeräusche nachmachte.
»Pass auf, sonst verschluckst du dich!«, sagte Charlotte warnend.
»Wenn Vati uns gefahren hätte«, fuhr Jonathan hartnäckig fort, »dann hätten wir über Warwick fahren können. Ich hab immer schon einmal das Schloss von Warwick besichtigen wollen.«
Charlotte lachte. »Da, wo wir hinfahren, wirst du genug alte Sachen haben, alte Häuser und alte Kirchen. Sie haben sogar eine alte Kathedrale. Und Tante Carry hat doch in ihrem letzten Brief geschrieben gehabt, dass das Haus, in dem sie leben, über vierhundert Jahre alt ist. Es liegt am Domplatz. Da wirst du Berge von Zeichnungen und Plänen machen können.«
Jonathan brütete eine Weile nachdenklich vor sich hin, dann sagte er schließlich: »Ich wär viel lieber zu Hause geblieben. Aber wahrscheinlich hätten wir wirklich nicht viel von unseren Ferien gehabt; Mami im Krankenhaus und Vati nie zu Hause.«
Charlotte warf Jonathan einen warnenden Blick zu. Peter hatte den Abschied von den Eltern immer noch nicht überwunden, und Charlotte hatte alles getan, was ihr eingefallen war, um ihn von dem Gedanken an die Trennung abzulenken. Glücklicherweise hatte Peter die Bemerkung von Jonathan gar nicht gehört. Er schaute zum Fenster hinaus und war ganz in den Anblick von einem Dutzend blau-weißer Lastwagen vertieft, die vor einer Fabrik aufgereiht standen. Peter sammelte Modellautos. Er hatte sie

alle in einem Leinwandbeutel mitgenommen, der neben ihm auf dem Sitz stand.
Charlotte schaute auf die drei großen Taschen, auf ihre eigene, die von Jonathan und von Peter.
»Gott sei Dank, dass Vati das große Gepäck vorausgeschickt hat«, stellte sie fest, »das hätten wir neben Peters Autos und meinen Büchern und deinem Zeichenkram gar nicht geschafft.«
»Aber es ist gut, dass wir etwas mitgenommen haben«, warf Jonathan ein und klopfte liebevoll auf seinen Beutel. »Tante Carry ist viel älter als Vati. Sie hat wahrscheinlich seit Jahren überhaupt keine Kinder mehr gesehen.«
»Du bist eine Schlafmütze, Jonathan. Ich hab dir doch schon zweimal erzählt, dass es da Kinder gibt. Sie wohnen im gleichen Haus wie Tante Carry. Das hat alles in dem Brief gestanden, den sie Vati geschickt hat. Ich hab ihn dir doch gezeigt.« Charlotte kramte in ihrer Tasche. »Hier ist er.«
Sie entfaltete den Brief, und Jonathan schaute ihr über die Schulter. »Zittrige Schrift«, bemerkte er, »ich wette, sie ist uralt. Ein Gesicht wie ein alter Winterapfel, und Kleider, die nach Mottenkugeln riechen. Wie die Tante von Smith. Da bin ich ein einziges Mal zum Tee gewesen – na, wusch.«
»Ach, Jonathan«, Charlotte lachte, »so alt kann sie doch gar nicht sein. Sie ist Vatis ältere Schwester. Sie ist zwar eine Witwe, aber ihr Sohn ist noch gar nicht so alt. Vati hat mir alles über sie erzählt. Und nun hör mal zu.« Charlotte begann aus dem Brief vorzulesen: »Die Kinder sind

mir selbstverständlich herzlich willkommen. Es ist hier sehr still, aber ich nehme an, dass sie sich schon beschäftigen werden. Seit der alte Mr. Hubble pensioniert ist, bleibt er meistens in seinen Räumen. Manchmal besucht er Freunde, dann fährt ihn Harry, und er geht auch in die Dom-Gottesdienste; aber die meiste Zeit ist er doch mit Schreiben beschäftigt. Er arbeitet an seinem dritten Buch, das sich mit der Geschichte der Kathedrale befasst. Harry unterrichtet jetzt an einer Knabenschule in Stoweminster. Er ist dort Turnlehrer. Es ist für mich sehr schön, ihn bei mir zu haben, und er ist auch eine große Hilfe bei dem alten Herrn. Wie das Sprichwort von der Arbeit sagt: ›Viele Hände machen schnell ein Ende ...‹«

»Und jetzt kommt das Wichtigste«, unterbrach sich Charlotte, »hör gut zu: ›Kannst du dich noch an Mr. Hubbles kleine Enkelkinder erinnern? Als du sie das letzte Mal gesehen hast, waren es freilich noch Babys. Jetzt ist Alarich zwölf und Sarah acht. Alarich ist ein prachtvoller Bursche, genauso vergnügt, wie sein Vater immer war. Aber Sarah – du liebe Güte! Sie hat nichts als Unfug im Kopf. Sie ist zwar hübsch, aber, wie ich immer sage, hübsch ist, wer hübsch handelt. Das kommt vermutlich daher, dass sie keine Eltern hat. Ich hoffe nur, dass sie sich während des Besuchs der Kinder gut benimmt.‹ Der Rest ist nicht interessant«, schloss Charlotte, »nur noch Familiennachrichten.«

»Das klingt ja nicht sehr vielversprechend«, bemerkte Jonathan trübselig.

Charlotte warf ihrem Bruder einen Blick zu. Sie wusste,

dass ihn nicht nur die Krankheit der Mutter bedrückte, sondern dass es ihm auch bevorstand, fremde Menschen kennenlernen zu müssen. Ganz im Gegensatz zu ihr selbst war er scheu und schüchtern.
»Was ist denn mit ihren Eltern geschehen?«, fragte er nun.
»Sie sind vor fünf Jahren bei einem Verkehrsunfall getötet worden. Seitdem leben die Kinder bei ihrem Großvater, und Tante Carry sorgt für sie, weil sie seine Haushälterin ist.«
Die Lokomotive pfiff, und der Zug stürzte sich in einen langen Tunnel. Nach zwei weiteren Stationen stand Charlotte auf und begann, sich im Rhythmus des Zuges ihre langen blonden Haare zu kämmen, die in einem Pferdeschwanz zusammengefasst waren. Sie lächelte ihrem Spiegelbild zu, wobei sich auf ihren ziemlich blassen Backen zwei Grübchen zeigten. Sie fühlte sich sehr erwachsen und vernünftig. Sie hatte sich immer um die beiden anderen Geschwister gekümmert, denn seit der Geburt von Peter war es der Mutter nicht sehr gutgegangen, und sie musste manchmal wochenlang das Bett hüten.
»Jetzt dauert es nicht mehr lange«, verkündete sie vergnügt, »Vati hat mir gesagt, dass wir auf der linken Seite hinausschauen und nach dem Domturm Ausschau halten sollen. Das ist gerade unsere Seite. Peter, zieh dir deine Strümpfe hoch, wie siehst du denn wieder aus! Jonathan, dein Schlips sitzt schief. Und mach ein ordentliches Gesicht, alter Junge, du siehst ja aus, als ob du Zahnschmerzen hättest.«

»Aye, aye, Sir!«, salutierte Jonathan und zwang sich zu einem Lächeln.

So kamen sie schließlich in Stoweminster an. Die kleine Bahnstation war schwarz von Menschen, denn auf diesem letzten Teil der Strecke war der Zug voll von Leuten, die von der Arbeit nach Hause fuhren. Ein großer Mann in einem braunen Cordanzug, mit einem sonnengebräunten Gesicht und einem kurzen rötlichen Bart stand neben der Bahnhofstreppe. Als er die Kinder erblickte, trat er auf sie zu.
»Ahoi, ihr da! Seid ihr zufällig meine Vettern und meine Cousine, die Vaughans aus Brindley?«
Die Kinder nickten verlegen, und ein freundliches Lächeln trat in die grauen Augen des Mannes. »Das hab ich mir doch gleich gedacht. Nein, nein, seid still. Ich will doch mal sehen, ob ich euch nach dem Brief eures Vaters auseinanderhalten kann. Du bist Charlotte, und du bist Jonathan, und du – du bist ...«
»Peter«, verkündete der jüngste Vaughan und starrte fasziniert den roten Bart an.
»Und ich bin Harry Bowles, euer Vetter. Das wisst ihr ja. Wie geht's euch? Nett, dass ihr gekommen seid.«
Er schüttelte jedem von ihnen die Hand, und dann nahm er Peter huckepack, richtete sich wieder auf und ergriff Charlottes schwere Tasche und Peters Beutel noch dazu. Charlotte gab die Fahrkarten ab, sie gingen die steinerne Bahnhofstreppe hinab, durch eine Unterführung und wieder hinaus in die Abendsonne.

Sie wurden vom melodischen Klang der Glocken begrüßt. Sie übertönten den Verkehr der Hauptstraße am Bahnhof, und je nachdem, wie der Wind wehte, erklangen sie laut oder leise.

»Die Domglocken«, erklärte ihnen Harry und ließ Peter wieder auf die Erde hinab. »Bis ihr wieder nach Hause fahrt, habt ihr euch an diesen Klang gewöhnt. Und hier wären wir. Darf ich euch ›Adelaide‹ vorstellen?« Er legte seine Hand stolz auf die Kühlerhaube des alten Autos, das vor lauter Politur und Lack nur so strahlte.

»Das ist ein Rolls-Royce, nicht wahr? Vati hat einen Ford, einen blauen«, sagte Jonathan.

»Ich hab auch eine ganze Masse Autos«, verkündete Peter und fuhr mit der Hand über die großen Scheinwerfer von Adelaide. »Darf ich mal hupen?«

»Alles zu seiner Zeit«, versprach Harry. Er öffnete die vordere Beifahrertür für Charlotte und klopfte einladend auf den breiten grauen Sitz. »Ihr beiden Jungen könnt euch hinten breitmachen.«

Harry lenkte Adelaide auf die Straße, und sie erblickten bald einen anmutigen Turm, der jenseits des Flusses emporragte. »Da ist er!«, rief Charlotte. »Wir haben ihn schon vom Zug aus gesehen.«

»Ja, das ist der Dom. Und das ist der Stowe«, erklärte ihnen Harry. Jonathan betrachtete das Spiegelbild des Turms im Wasser.

»Das würde ein schönes Bild werden, nicht wahr?«, bemerkte er. Adelaide bog nach rechts ab. Das Glockengeläut wurde lauter.

»Privatweg. Keine Durchfahrt«, las Jonathan von einem Schild vor. »Aber für uns gilt das nicht, wir wohnen ja hier.«

Jetzt waren sie auf dem Domplatz, und die Kathedrale lag inmitten ihrer schön gepflegten Rasenfläche vor ihnen. Sie fuhren um noch eine Ecke und hielten vor zwei sehr alten und sehr hohen Giebelhäusern an, die über und über mit einem schwarz-weißen Muster aus Rechtecken und Quadraten geschmückt waren.

»Das rechte mit der Platane gehört uns«, erklärte Harry, während er das Gepäck auslud.

Sie waren von der Reise zu müde, um noch viel sagen zu können, aber sie betrachteten das Haus voll Entzücken und Staunen. Es hatte schmale Fenster mit winzigen Butzenscheiben. Auf zwei Fenstersimsen standen weiße Blumenkästen, in denen rote und rosa Geranien und blaue Lobelien blühten. Hoch oben auf einem der Schornsteine saß eine Krähe und begrüßte sie mit ihrem lauten »Kra-Kra-Kra!«.

»Hier geht's durch«, sagte Harry.

Sie folgten ihm zum Eingang. Die Mauern waren weiß gekalkt, und der Boden war mit abgetretenen roten Backsteinen gepflastert. Gleich rechts war die schwarze Haustür mit dem blank geputzten Griff und Türklopfer aus Messing, die beide mit grimmigen Löwenköpfen geschmückt waren.

»Ihr müsst klopfen«, sagte Harry, weil er keine Hand frei hatte. Aber gerade als Jonathan die Hand zum Löwenmaul erhob, öffnete sich die Tür, und eine fröhliche Stimme sagte: »Willkommen, meine Lieben!«

Eine adrette, dicke kleine Frau, die von Kopf bis Fuß in Schwarz gekleidet war, stand in der Tür und lächelte ihnen mit blanken schwarzen Augen und rosigen Wangen entgegen. »Ich hab euch kommen sehen. Ihr müsst ja todmüde sein, meine armen Schätzchen.«

Harry stellte sie vor, und Tante Carry begrüßte jedes Kind mit einer Umarmung und einem Kuss. Dann hob sie Peter auf, als ob er noch ein Baby und keine vier Jahre alt wäre, was ihn diesmal aber auch gar nicht störte, weil er wirklich müde war, und ließ alle ins Haus gehen; und dann hielt sie die Tür noch einen Augenblick lang für eine große schwarze Katze auf.

»Das hier ist Satan«, sagte Tante Carry, »er will euch auch begrüßen.« Die schwarze Katze musterte jedes Kind mit

einem forschenden Bernsteinblick und folgte ihnen auf sanften Pfoten, während ihnen Tante Carry den unteren Teil des Hauses zeigte.

Nach ihrer modernen Wohnung in einem Großstadtvorort kam den Kindern alles sehr fremdartig vor. Die Zimmerdecken mit den dunklen, schweren Balken schienen ihnen zu niedrig, und die Fenster mit den Butzenscheiben waren zu klein und lagen viel zu hoch oben in der Wand. Jede Tür hatte einen Messingtürknopf, und wenn man von der Halle oder von dem Flur aus in ein Zimmer gehen wollte, so musste man zwei oder mehr schiefe und krumme Stufen hinaufgehen, so dass man wahrscheinlich ununterbrochen stolperte, bis man sich daran gewöhnt hatte.

»Dies ist die Küche.« Tante Carry öffnete eine weitere Tür.

Die Küche war auch mit roten Backsteinen gepflastert, und ein paar Binsenmatten lagen wie helle Inseln darauf. Auf einem großen schwarzen Küchenherd summte ein Kessel. Da gab es einen weiß geschrubbten Tisch aus Fichtenholz und mit Messinggriffen an den Schubladen, eine Mahagonianrichte mit einem Glasaufsatz und lauter Regale voll Geschirr mit einem Weidenmuster. Die Fenster, die zum Domplatz hinausschauten, besaßen schwere Fensterläden. Jonathan überredete Tante Carry, ihm zu zeigen, wie man sie nachts zuzog und oben und unten mit festen Eisenstangen verriegelte.
»Und jetzt kommt hier entlang«, sagte Tante Carry. Sie öffnete die Tür zu einem kleinen Wohnzimmer, das an der Rückseite des Hauses lag und den Garten und den Sonnenuntergang überblickte. Die Kinder blieben verblüfft in der Tür stehen. Was war das für ein sonderbarer Raum! Zuerst einmal die Kissen: Sie lagen überall, und es gab sie zu Dutzenden: Scharlachrote Kissen und smaragdgrüne Kissen, zitronengelbe, türkisfarbene, blassrote und bonbonrosa Kissen. Es gab Kissen mit Streifen und Kissen mit Punkten, dicke, prall gefüllte Kissen, die fast aus den Nähten platzten, und so elegante, spitzenverzierte Kissen, dass man sich gar nicht traute, sich daraufzusetzen.
Wer den Kissenschock überwunden hatte, wurde von den Wänden überwältigt. Sie waren so dicht mit bunten Bildern bedeckt, dass man kaum einen Millimeter Tapete erkennen konnte. Es schienen Hunderte von Bildern zu sein: Bilder von Hunden und Blumen und Pferden und Bauerngärten. Bilder von Katzen und Kindern und Schiffen und Frucht-

körben und Feldwegen im Herbst. Man hätte einen Tag gebraucht, wenn man sich alle hätte anschauen wollen.
»Gefällt euch das hier?«, erkundigte sich Tante Carry und schaute sich dabei stolz und zufrieden um.
»Dies ist mein eigenes kleines Reich, wisst ihr. Hier kann ich mich erholen, und ich mag nun einmal ein bisschen Farbe in der Stube. Aber setzt euch doch, meine Herzchen, macht es euch gemütlich. Das Abendbrot ist gleich fertig.«
Charlotte setzte sich an den Tisch und hatte das Gefühl, als ob sie in der Mitte des Regenbogens säße. Sie schrieb gleich ihrem Vater eine Karte und berichtete ihm von ihrer guten Ankunft, während Jonathan sich die Bilder anzuschauen begann. Peter schlief unterdessen in einem Schaukelstuhl vorm Kamin ein.

Sarah

»Alarich ist gerade für zwei, drei Tage bei einem Schulfreund in Cranshaw zu Besuch.« Tante Carry goss aus einem riesigen Krug mit dem Weidenmuster selbst gemachte Limonade in die Becher der Kinder. »Er ist für sein Alter sehr unabhängig. Er wollte nicht einmal, dass ihn Harry hinbringt, sondern er ist allein mit dem Bus gefahren. Ich erwarte ihn am Donnerstag zurück. Dann werdet ihr auch ein bisschen Spaß haben! Er ist ein richtiger Sausewind, der Junge.«

Hinter ihnen erklang ein sonderbares Geräusch, eine Mischung aus einem Husten und einem Nieser. Tante Carry schaute sich um. Satan lag zusammengerollt auf dem Schaukelstuhl, den Peter gerade verlassen hatte. »Das muss Satan gewesen sein«, sagte Tante Carry überrascht, »hoffentlich hat er sich nicht erkältet. Wenn er keine Katze wäre, könnte man denken, dass er lacht. Schaut doch einmal – seine Augen!«

»Ich möchte bitte noch ein Glas Zitronensaft«, sagte Peter und hob sein Glas in die Höhe. Nach seinem Nickerchen war er wieder vollkommen munter.

»Er ist so schön kalt«, sagte Jonathan, »hast du Eis hineingegeben?«

»Oh nein. Unser Wasser kommt aus einer unterirdischen Quelle im Pfeiferfeld, das ist ganz in unserer Nähe. Deshalb ist es das ganze Jahr hindurch eiskalt. Aber ihr müsst einmal das Wasser aus der alten Pumpe vorm Dom probieren. Das ist sogar noch kälter.«

Charlotte hatte unterdessen nachgedacht und fragte jetzt: »Ist Alarichs Schwester auch fort?«

»Sarah? Oh nein! Ich hab's ja gesagt, Alarich ist allein fortgegangen.« Dann zeigten sich ein paar Sorgenfalten auf Tante Carrys Stirn. »Irgendwann musstet ihr ja nach Sarah fragen. Es ist nur so – also, Sarah ist gar nicht wie die anderen Mädchen. Es dauert zum Beispiel lange, ehe sie sich mit jemandem anfreundet. Sie ist eine komische kleine Person, und ich fürchte, dass sie über euren Besuch nicht allzu erbaut ist. Was hat sie heute Früh für einen Wutanfall bekommen! Mir tut jetzt noch der Kopf weh. Und dann ist sie einfach fortgelaufen und hat sich aus Trotz irgendwo versteckt.«

Charlotte fühlte sich unbehaglich. Aber Tante Carry fuhr fort: »Ich hab ihrem Großvater schon hundertmal gesagt, dass er sie in ein Internat schicken müsste, wo sie mit anderen Mädchen zusammenkommt. Das würde ihr so guttun. Aber was will man machen, der alte Herr will nichts davon hören. Er hat ja ein Herz aus Gold, Gott segne ihn, aber er lebt eben in einer ganz anderen Welt.«

Tante Carry lehnte sich fast atemlos zurück und goss sich eine Tasse Tee ein. Danach sah sie richtig erleichtert aus.

Jonathan hatte kaum zugehört. Er dachte schon wieder an etwas ganz anderes.

»Hier gibt's doch sicher eine Masse guter Verstecke«, bemerkte er.
»Oh ja, das kann man wohl sagen. Gänge und Alkoven und viele kleine Zimmer, von denen immer eins ins andere führt. Ganz zu schweigen vom Boden und von den Kellern.«
Keller! Jonathan wäre vor Aufregung fast hochgesprungen. In den historischen Romanen, die er so gerne las, wimmelte es immer von Geheimgängen und vergrabenen Schätzen in alten Kellern. »Dürfen wir sie mal erforschen?«
»Aber gewiss doch, warum denn nicht?«
Tante Carry stand auf, nahm eine Streichholzschachtel und wanderte im Zimmer herum, um alle Kerzen anzuzünden. Den Kindern waren schon die vielen Wandleuchter zwischen den Bildern aufgefallen. Der Raum war bald von sanftem Kerzenlicht erfüllt.
»Mr. Hubble gestattet nicht, dass Strom ins Haus kommt«, erklärte Tante Carry, weil sie ihre erstaunten Gesichter sah, »neumodischen Unsinn nennt er das. Ich habe hier nichts zu sagen, aber ich kann mir nicht helfen, mit ein bisschen richtigem Licht wär's hier noch viel gemütlicher, besonders im Winter in dem dunklen Treppenhaus. Oh ja, das Moderne kann er nicht ausstehen, der alte Herr. Er erlaubt nicht einmal Harry, ihm eine Schreibmaschine zu kaufen. Er schreibt all seine Manuskripte, selbst das dicke Buch über die Kathedrale, nicht nur mit der Hand, sondern er benutzt dazu, ob ihr's glaubt oder nicht, eine Gänsefeder. ›Einem alten Hund können Sie keine neuen Tricks mehr beibringen, Mrs. Bowles‹, das bekomme ich

oft genug von dem alten Herrn zu hören.« Tante Carry seufzte. »Manchmal lieg ich nachts wach in meinem Bett und träume von einem hübschen kleinen, weißen, praktischen Elektroherd ...« Sie deutete seine Umrisse mit ihren molligen Händen an. »Na ja – wünschen kann man sich viel.«

»Mach dir nichts draus, Tante Carry«, sagte Charlotte, »du hast auf jeden Fall in deinem altmodischen Backofen den herrlichsten Apfelkuchen der Welt gebacken.«

»Wie schön, dass er euch geschmeckt hat, meine Schätzchen.« Tante Carry sah schon wieder vergnügt aus. »Das Brot und das Teegebäck habe ich auch selbst gebacken. Und die Pflaumenmarmelade ... ach, der arme kleine Peter fällt ja vor Müdigkeit vom Stuhl. Nun kommt aber mit, jetzt geht's ins Bett, alle miteinander.«

Sie nahm einen Kerzenhalter aus Porzellan von der Kommode.

»Und was ist mit Sarah?«, erkundigte sich Charlotte, während sie aus dem Fenster schaute. Es war jetzt stockdunkel. Ein einziger Stern blitzte wie ein Diamant am samtenen Kleid des Himmels.

»Die Nacht treibt alle Schafe in den Stall«, antwortete Tante Carry, »wenn sie müde ist, wird Sarah schon nach Hause kommen. Lass nur Satan hinaus, ehe du hinaufgehst. Er streicht schon um die Tür.«

Das Stiegenhaus war dunkel und eng. Peter klammerte sich an Charlottes Hand und starrte auf die riesigen Schatten, die vor ihnen her die Treppe hinaufschwankten. Ob das wirklich sein eigener Schatten war, überlegte er sich, dies Ungetüm mit dem Löwenkopf und der Hexennase? Kracks – kracks, jammerte das dunkle Geländer, sobald er sich dagegenlehnte. Kracks – kracks, antworteten die dunklen Treppenstufen.

Sie erreichten einen Treppenabsatz und erblickten in einem langen ovalen Spiegel ihre eigenen Gesichter. Links ging es zwei Stufen zu einer grün gebeizten Tür hinauf.

»Da geht es zu Mr. Hubbles Zimmern«, erklärte Tante Carry. Rechts führte die Treppe weiter nach oben. Ein Luftzug ließ die Kerze flackern. Die Schatten sprangen wie wütende Trolle auf und ab. Noch ein Flur mit vier blanken Türen, zwei rechts, zwei links. Geradeaus führte die Treppe noch weiter empor. »Das Badezimmer …« Tante Carry öffnete eine Tür und ließ sie hineinschauen. »Das ist Alarichs Zimmer, und dies hier habe ich für Jonathan und Peter zurechtgemacht. Einen Augenblick, meine Schätzchen. Ich will euch nur die Kerze anzünden … Charlotte, hoffentlich stört es dich nicht, dass du mit Sarah in einem Zimmer wohnst. Ich hab gedacht, dann bist du nicht so allein. An ein so altes Haus muss man sich erst gewöhnen.«

Charlotte hatte etwas dagegen, aber sie war zu wohlerzogen, um etwas zu sagen. Sie hatte noch niemals mit jemandem zusammen geschlafen. Sie folgte ihrer Tante ins Schlafzimmer. Tante Carry stellte den Kerzenhalter auf den Nachttisch.

Charlotte sah den Widerschein der Flamme in dem dunklen, polierten Holz einer alten Kleiderpresse, die in einem Alkoven stand, dann einen zweiten im Spiegel über der hohen, altmodischen Frisierkommode, und vier winzige Kerzenflammen schimmerten in den Messingknöpfen an den vier Ecken eines riesigen Doppelbettes.

»Hoffentlich hast du es hier gemütlich, mein Schätzchen«, sagte Tante Carry, »sei mit dem Licht vorsichtig, du bist noch nicht dran gewöhnt! Das Haus ist halb aus Holz. Du hast ein Daunenbett. Ich finde immer, es gibt nichts Wärmeres als Daunenbetten. Aber jetzt muss ich nachsehen, ob deine Brüder noch etwas brauchen.«

Nachdem sie allein gelassen war, schaute sich Charlotte neugierig um. Dies also war Sarahs Zimmer, Sarah, das unbekannte Mädchen, das etwas gegen ihren Besuch hatte. Ob Sarah den dicken Mohnblumenstrauß gepflückt hatte, der in einem Einmachglas auf der Kommode stand? Sie musterte die Bücher in dem Regal: Märchen von Hans Christian Andersen, Feenmärchen, Peter Pan, Alice im Wunderland, Grimms Kinder- und Hausmärchen. Dann erblickte sie etwas, das mit einer Stecknadel an das Bord gepinnt worden war. Es war ein Stück weiße Pappe, und darauf stand in großen Druckbuchstaben:

NICHTS BERÜHREN!
NICHTS ANFASSEN!

Na, so was! Charlotte schaute sich empört im Zimmer um. Ein ähnliches Warnschild lehnte an der Mohnblumenvase, und ein drittes stand auf dem Kaminsims.

Charlotte war wütend. Sie öffnete schnell ihren eigenen Koffer, der zu Füßen des Bettes stand, und holte ihren blauen Schlafanzug heraus. Sie legte ihn neben Sarahs weißes Nachthemd auf die Steppdecke mit dem Rosenmuster. Dann packte sie ihre Bücher aus – »Wilde Tiere in Feld und Flur«, »Blumen am Wegesrand«, »Die Vögel im Walde« – und stopfte sie neben Sarahs Bücher ins Regal. Aber das war noch nicht alles. Sie zog ganz unten aus dem Koffer etwas heraus, das sorgfältig in Seidenpapier eingewickelt war. Es war ein eingerahmtes Foto, das Mami und Vati, Jonathan, sie selbst und Peter zeigte, und es war im vorigen Sommer in ihrem Garten aufgenommen worden. Sie stellte es herausfordernd mitten auf den Kaminsims und schaute es befriedigt an. Das würde Sarah zeigen, mit wem sie es zu tun hatte.

Schwere pflaumenblaue Vorhänge hingen vor dem Fenster. Charlotte zog einen beiseite und schaute hinaus. Sie konnte nur die dunklen Umrisse von ein paar Bäumen am Ende des Rasens und ihr eigenes Gesicht erkennen, das sich im Fensterglas spiegelte. Eine Eule flog lautlos über die Bäume und machte »Uhu – Uhu«. Plötzlich sah Charlotte, dass sich ein zweites Gesicht im Fenster widerspiegelte, ein schattiges Gesicht mit riesengroßen Augen. Jemand schaute ihr über die Schulter. Charlottes Herz setzte vor Schreck aus. Sie fuhr herum, und da stand sie einem Mädchen gegenüber, das jünger als sie war und Satan, die große Katze, auf dem Arm trug.

»Hallo!«, sagte Charlotte mit bebender Stimme. »Du hast mir aber einen Schreck eingejagt! Du – du musst Sarah sein.«

Die glatten schwarzen Haare des Mädchens hingen ihr als

Pony in die Stirn, und Charlotte erkannte, dass die Augen nicht dunkel waren, sondern grün, und dass sie jetzt vor Ärger blitzten.
»Dies ist mein Zimmer!«, platzte Sarah heraus. »Und alle Sachen hier gehören mir, mir, hörst du? Du darfst nichts anfassen. Wer hat das Foto da oben hingestellt? Das ist ja die Höhe!« Sie stürzte darauf zu, aber Charlotte stand schon vor dem Kamin und legte die Hände schützend über das Bild.
»Tante Carry hat gesagt, dass ich hier mit dir wohnen soll«, sagte sie und bemühte sich dabei, ruhig zu sprechen. »Ich hab es nicht gewollt, aber ...«
»Es ist mein Zimmer! Das ist gemein! Ich möchte wirklich wissen ...«
»Aber Sarah, Sarah!« Zu Charlottes Erleichterung kam Tante Carry in das Zimmer zurück. »Heißt man so einen Gast willkommen?«
»Sie ist nicht mein Gast!«
Sarah stampfte vor Wut mit dem Fuß auf. Die schwarze Katze wand sich in ihren Armen und sprang dann auf den Fußboden, als ob nicht einmal sie die Wutanfälle des Mädchens aushalten könne. »Ich hab sie nicht hergeholt! Und ich wünschte, sie wären schon wieder weg! So, da weißt du's!«
»Tz, tz!« Tante Carry sah ganz verzweifelt aus. »Kommt Zeit, kommt Rat, Sarah. Aber nun sei brav, und bring Satan hinunter. Du weißt doch, er soll sich nicht hier oben herumtreiben.« Als Antwort krauste Sarah nur die Nase und verzog sich dann polternd nach unten.

»Du liebe Zeit«, seufzte Tante Carry hilflos, »ich weiß gar nicht mehr, was ich mit ihr machen soll. Ich hab mir schon gedacht, dass es so kommen würde. Mir tut's nur für euch leid, Charlotte.«
Charlotte packte den Rest mit brennenden Wangen aus. Sie wünschte von Herzen, sie wäre niemals gekommen, und sie säße noch in ihrem kleinen, gemütlichen Zimmer zu Hause.

Gefangen!

Sarah schlief an jenem Abend sofort ein, nachdem sie ihre Kerze ausgeblasen hatte, während sich Charlotte stundenlang in ihrem Federbett hin und her wälzte. Was läuteten diese verdammten Glocken auch so laut! Tante Carry hatte sie vor der Domuhr gewarnt, sie hatte gesagt: »Sie schlägt jede Viertelstunde, aber du wirst dich bald dran gewöhnt haben.« Da – schon wieder. Jetzt schlug sie die volle Stunde. Charlotte zählte mit. Zwölf Schläge – Mitternacht! Sie gähnte und drehte sich um. Dann erstarrte sie und lauschte atemlos.

Bumm! Bumm! Bumm! Irgendjemand ging draußen herum, dem Geräusch nach zu urteilen, in Nagelschuhen. Ein Einbrecher! Nein, der würde doch vermutlich verstohlen schleichen. Kurz entschlossen sprang Charlotte aus dem Bett und lief zum offenen Fenster hinüber. Da war es schon wieder: Bumm! Bumm! Bumm! Das Geräusch schien von links zu kommen, von jenseits der hohen Gartenmauer. Dann erscholl eine Stimme, die ihr noch mehr Angst einjagte: »Unsere Glock' hat zwölf geschlagen. Die Nacht ist klar. Alles ist ruhig.«

Jetzt erklang noch eine Stimme hinter ihr, schläfrig und verdrossen.

»Was machst du denn da, um des Himmels willen?« Sarah hockte im Bett und starrte Charlotte an.
»Da draußen ist jemand ...«, begann Charlotte.
»Das ist Latchum«, antwortete Sarah ungeduldig.
»Latchum?«
»Ja, unser Nachtwächter. Nun komm schon wieder ins Bett, du hast mich aufgeweckt.« Sarah warf Charlotte einen vorwurfsvollen Blick zu und zog sich die Bettdecke über die Ohren.
Ein Nachtwächter, dachte Charlotte verwundert, während sie wieder ins Bett zurückkletterte. Was war der Domplatz doch für ein sonderbarer Ort. Man konnte wirklich meinen, hier lebte alles noch im 19. Jahrhundert. Das musste sie morgen Früh gleich Jonathan erzählen. Bei diesem Vorsatz fielen ihr die Augen zu.
Als Charlotte am nächsten Morgen wach wurde, war Sarah bereits aufgestanden und angezogen. Sie kämmte sich ihr glattes schwarzes Haar, und Charlotte starrte fassungslos auf Sarahs Kleid. Es war aus irgendeinem trübseligen, festen braunen Stoff genäht, hatte einen kleinen Stehkragen und lange Ärmel, die so eng aussahen, dass sie unbequem sein mussten. Ob das Tante Carry für sie genäht hatte?, überlegte sich Charlotte. Wie grässlich, wenn man solche altmodischen Sachen anziehen musste. »Hallo, Sarah ...«, begann sie trost- und versöhnungsbereit. Aber Sarah schmetterte nur den Kamm auf den Frisiertisch und marschierte aus dem Zimmer, ohne Charlotte einen Blick zu gönnen. Charlotte zuckte mit den Schultern. Sie wusch sich und zog sich schnell an, streifte ihr sauberes blau-

weißes Baumwollkleid über den Kopf und bürstete sich die langen blonden Haare. Wie gut, dass Mami nicht altmodisch war.
Dann klopfte es an die Tür, und Jonathan und Peter kamen herein.

»Habt ihr den Nachtwächter gehört?«, erkundigte sich Charlotte.
»Nachtwächter?« Jonathan sah überrascht aus.
»Ja. Er rief die Stunde aus, und dann sagte er noch etwas von einer klaren Nacht.«
»Da musst du Gespenster gehört haben«, antwortete Jonathan und grinste ungläubig, »heutzutage gibt es keine Nachtwächter mehr.«
Charlotte lächelte. »Ich hab keine Lust, mich mit dir darüber zu streiten. Aber fragt einmal Tante Carry, da wirst du schon dein blaues Wunder erleben.«
Sie wollte noch etwas sagen, hielt aber inne. Direkt unter ihnen erklang Sarahs Stimme, und sie schien wieder einen ihrer Wutanfälle zu haben. »Das ist mir ganz schnuppe! Ich frühstücke nicht mit ihnen zusammen. Ich kann sie nicht ausstehen, und ich denke nicht dran!« Eine Tür krachte, und die Kinder schauten einander erschrocken an.
»Ach, das ist mir egal«, sagte Jonathan schließlich, »mir gefällt das Haus, und ich hab Tante Carry und Harry gerne. Von dieser dummen Pute lass ich mir die Ferien nicht verderben!«
»Von der Pute lass ich mir die Ferien nicht verderben!«, echote Peter grimmig. Charlotte lachte, und dann rannten sie die Treppe hinunter.
»Hier herein, meine Schätze!«, rief Tante Carry.
Die Sonne schien in die große Küche, und es duftete nach brutzelndem Frühstücksspeck. In dem blitzblank geputzten Herd knisterte ein helles Feuer, vor dem Satan Platz genommen hatte und genau verfolgte, wie das Frühstück

vorbereitet wurde. Er ließ dabei hungrig den Schnurrbart zucken.
Jonathan ging durch die Küche und schaute zum offenen Fenster hinaus. Der schlanke Domturm stieg fröhlich wie eine Lerche in den blauen Sommerhimmel, und von Südosten her brach die Sonne durch das blassgrüne Laub der Linden. Irgendjemand öffnete rechts von ihm eine Tür, und man hörte plötzlich den Gesang vieler Stimmen.
»Der Domchor übt für den Sonntag«, erklärte Tante Carry. Sie sangen nur die Melodie des Chorals, eine herrliche, verschlungene Melodie. Die Geschwister setzten sich zum Frühstück.
»Jetzt sind wir nur zu viert«, sagte Tante Carry und goss ihnen den Kaffee ein. »Harry frühstückt immer ganz früh.«
Charlotte merkte, dass sie Sarah gar nicht erwähnte. Sie schien in Ungnade gefallen zu sein, und das war auch kein Wunder. Sie schaute zu Tante Carry hinüber. »Jonathan hat mir nicht geglaubt, als ich ihm vom Nachtwächter erzählt habe. Dabei hab ich ihn in der Nacht ganz deutlich gehört.«
Tante Carry lächelte. »Hoffentlich hat er dich nicht erschreckt, mein Schatz. Ich hatte ganz vergessen, euch von ihm zu erzählen. Er ist eine Art lebendiges Bindeglied mit der Vergangenheit.«
»Es gibt hier wirklich einen?«, fragte Jonathan so erstaunt, dass er die Gabel auf dem halben Weg zum Munde in der Luft schweben ließ.
»Aber wirklich, das ist Mr. Latchum. Er trägt auch die alte Tracht, das werdet ihr sicher irgendwann einmal sehen.

Er stammt aus einer richtigen Nachtwächterfamilie, sein Vater und sein Großvater und sein Urgroßvater sind auch schon Nachtwächter gewesen. Aber die Zeiten ändern sich, und selbst der Domplatz muss mit ihnen Schritt halten. Wenn Mr. Latchum pensioniert wird, dann wird es auch hier keinen Nachtwächter mehr geben. Es ist schon ein merkwürdiges Gefühl, wenn man so miterlebt, wie eine alte Sitte nach der anderen vergeht. Es ist noch nicht einmal so lange her, da hat es hier noch Gaslampen gegeben, und jeden Abend ist der Laternenanzünder mit seinem langen Stock herumgegangen.«

»Das klingt ganz spaßig«, bemerkte Jonathan nachdenklich.

Tante Carry lächelte. »Du bist genauso schlimm wie der alte Mr. Hubble. Ihr beiden würdet gut zueinanderpassen. Aber nun, was habt ihr heute Vormittag vor?«

»Malen«, antwortete Jonathan wie aus der Pistole geschossen.

»Oh, du malst gern? Brauchst du eine Staffelei, mein Schatz? Oben auf dem Boden muss eine sein, sie steht dort schon seit Jahren. Ich glaube, Sarahs Großmutter hat gemalt, und die ist schon vor Sarahs Geburt gestorben. Würdest du sie denn vielleicht gern benutzen?«

»Ja, sehr gern.« Jonathan machte sich daran, den Rest seines Frühstücks in größter Eile zu verschlingen. »Ich geh sie gleich holen.«

»Das tust du nicht!«, warf Charlotte lachend ein. »Zuerst wollen wir einmal die Gegend erforschen, das heißt: wenn wir dürfen.«

Sie warf Tante Carry einen fragenden Blick zu.
»Lauft, wohin ihr wollt, meine Schätze. Und wenn ihr den alten Gowdy trefft, das ist unser alter Gärtner, dann denkt nur dran: Hunde, die bellen, beißen nicht. Wenn ihr nicht auf seinen Tomaten herumtrampelt, wird er euch sowieso nichts zuleide tun. Ich glaube, die Arbeit wird ihm allmählich zu viel, aber er bringt im Küchengarten Wunderdinge zustande.«
»Ich hol nur meine Botanisiertrommel«, verkündete Charlotte. Ohne die Trommel machte sie keinen Schritt aus dem Haus, denn sie sammelte und presste Wald- und Wiesenpflanzen. Das tat sie schon seit zwei Jahren, und ihr Herbarium, das sie auch mitgebracht hatte, hatte allmählich eine stattliche Größe erreicht.
»Lauft über den Hof!«, rief ihnen Tante Carry nach. »Und dann durch das kleine weiße Gatter.«
Als sie über den Hof liefen, kam ihnen aus einem der Schuppen ein alter Mann entgegen, der einen Eimer trug.
»Der alte Gowdy«, flüsterte Jonathan.
Als der alte Mann sie erblickte, blieb er stehen.
»Wo ist das Ungeziefer, die Sarah?«, fragte er und musterte die Kinder dabei misstrauisch aus zusammengekniffenen Augen. Dann legte er die Hand hinters Ohr, um Charlottes Antwort besser verstehen zu können.
»Ich weiß es nicht, Mr. Gowdy.«
»Sie hat mir das Tomatenspalier mit ihrem Ball zerschlagen. Hier hab ich ihn.« Er stellte den Eimer ab, fummelte in der Tasche seiner schäbigen alten Baumwolljacke herum und reichte Peter einen kleinen grünen Ball. »Ich

hab's schon ihrem Großvater gesagt. Und ihr, geht mir ja nicht in meinen Küchengarten, schreibt euch das hinter die Ohren!« Er stampfte davon, während er den Kopf schüttelte und vor sich hin murmelte.
Sie hakten das Tor auf und standen auf einem gepflasterten Weg. Unkraut wucherte in den Ritzen zwischen den Steinen, Quecke und Hirtentäschel, Vogelmiere und Ehrenpreis. Links erstreckte sich ein Rasen bis zur Rückseite des Hauses, und rechts erhob sich hinter ein paar kleinen Gartenbeeten eine Eibenhecke, über die die fruchtbeladenen Zweige von Apfel- und Birnbäumen hingen.
Charlotte spähte durch ein Loch in der Hecke. »Das ist der Küchengarten da auf der anderen Seite. Man kann die Glashäuser sehen.« Jonathan hatte Sarahs Zettel entdeckt und las den Text laut vor. »Was für ein Unsinn! Ich möchte wirklich wissen, was sich dieses Mädchen einbildet. Hoffentlich treffen wir sie nicht irgendwo.«
Sie standen jetzt vor einer hohen Backsteinmauer, wo Pflaumen- und Birnbäume, die sicher früher sorgfältig gepflegt worden waren, mit den jungen wilden Ranken des Jelängerjelieber kämpften. Jonathan deutete auf einen Bogengang. »Wohin der wohl führt?« Er ging hinein, und die anderen folgten ihm. Wie dunkel es war! Ein schmaler Pfad wand sich zwischen alten Eiben, Lorbeerbüschen und Rhododendren hindurch. Nach links fiel der Boden steil ab. Sie kamen zu ein paar Treppenstufen, die glatt und rutschig waren, weil feuchtes Moos auf ihnen wucherte, und als sie sie vorsichtig hinabgestiegen waren, fanden sie sich mitten auf einem winzigen eingesunkenen Rasen-

stück. Ein Holzapfelbaum hatte ein paar von seinen blanken roten Früchten in das taufeuchte Gras fallen lassen. Tiefes Schweigen herrschte.
Peter rannte zu den Holzäpfeln und begann, sie sich in die Taschen zu stopfen.
»Sie sind sauer«, warnte ihn Charlotte. Sie schritt zum anderen Ende des Rasens hinüber, um einen Nachtschatten zu pflücken, den sie unter den Bäumen erspäht hatte. Nur Jonathan blieb stockstill stehen. Er steckte seine Hände in die Taschen seiner kurzen Hosen und ballte sie vor Aufregung.
Sowie er den Fuß auf den Rasen gesetzt hatte, war dieses Gefühl über ihn gekommen. Er kannte es schon, denn es hatte ihn schon früher überwältigt. Er wusste genau, was es bedeutete: Irgendetwas würde geschehen.
Er rief zu Charlotte hinüber: »Ich hab wieder dies komische Gefühl. Du weißt schon.«
»Hoffentlich ist es was Nettes!«, antwortete Charlotte und legte den Nachtschatten vorsichtig in die Botanisiertrommel. »Ich hab auch selber so ein komisches Gefühl. Schon die ganze Zeit. Als ob uns jemand beobachtet.«
Sie schauten sich unbehaglich um.
»Sarah?«, vermutete Jonathan.
»Vielleicht. Wenn ja, dann sollte sie lieber rauskommen. Ich finde es scheußlich, verfolgt zu werden. Da krieg ich Gänsehaut.«
Plötzlich streckte Jonathan den Finger aus. »Was ist denn das? Es sieht wie ein Gebäude aus.«
Es lag hinter dem Gestrüpp auf der rechten Seite des

Rasens und war von der blaugrünen Krone einer Zypresse fast verborgen. Sie gingen darauf zu.
»Sieh mal, Stufen!«, rief Jonathan aus. Sie rannten aufgeregt die steinerne Treppe empor und standen vor einem zerfallenen Gebäude aus mürbem Sandstein. Ein Rundbogen rahmte eine schwere hölzerne Tür ein.
»Das kann kein Sommerhaus sein«, stellte Charlotte fest. »Es hat nur das eine einzige Fenster da oben, siehst du? Und vor dem ist auch noch ein Eisengitter.«
Jonathan rüttelte an der Klinke. »Zugesperrt«, sagte er enttäuscht.
»Aber da steckt ein Schlüssel im Schloss«, ergänzte Charlotte. Die Tür öffnete sich mit dem Kreischen der verrosteten Angeln, und sie gingen hinein. »Hier ist es aber kalt«, fand Charlotte und schüttelte sich. Ein feuchter Geruch von Erde hing in der Luft. In den Ecken wisperte das trockene Laub. Aber Jonathan war in seinem Element. Er interessierte sich für Geschichte, und er hatte jetzt das sichere Gefühl, auf der Spur von irgendetwas Interessantem zu sein. »Ich habe eine Idee«, verkündete er und ging wieder hinaus. »Ich glaube, dass dies der untere Teil eines Turmes ist, vielleicht von einem Wachtturm. Der obere Teil könnte im Laufe der Jahre eingestürzt sein, so dass nur noch dieser Rest übrig geblieben ist. Und er sieht so aus …«
»Wie was?«, fragte Charlotte. Jonathan kam wieder herein.
»Wie ein Kerker.«
»Was ist denn das, Jonathan?«, fragte Peter.

»Ein Kerker? Ach, da haben sie früher ihre Gefangenen untergebracht. Meistens haben sie sie jahrelang nur bei Wasser und Brot eingeschlossen. Bis auf die, die geflohen sind. Aber hier heraus zu fliehen, ist sicher nicht leicht gewesen. Das Fenster ist so klein, dass nicht einmal eine Katze hinaus könnte.«

»Wofür das wohl war?« Charlotte deutete auf eine schwere Steinplatte, die gegenüber der Tür in die Wand eingelassen war. Sie lag ungefähr einen Meter über dem Boden, aber viel konnte man nicht von ihr erkennen, weil irgendjemand alte Säcke darübergehängt hatte, so dass sie fast ganz verhüllt war. Vorn und an den Seiten ruhte sie auf einem Backsteinsockel.

»Wahrscheinlich das Lager des Gefangenen«, sagte Jonathan und grinste. »Ein bisschen hart, was, Charlotte?«

Er kletterte auf die Steinplatte und legte sich mit ausgestreckten Beinen ganz gerade auf den Rücken, während er die Hände mit frommer Miene über der Brust faltete.

»Was machst du denn da, um des Himmels willen?«, erkundigte sich Charlotte.

»Ich bin ein Marmorritter auf einem Grabstein. Wenn ich keine Füße mehr hätte und wenn meine Nase abgeschlagen wär, dann würd ich vielleicht ein bisschen echter aussehen.«

»Dann musst du erst einmal deinen Mund halten und deine Augen zumachen. Jetzt siehst du nur wie ein Karpfen aus, den sich der Fischhändler auf sein Brett gelegt hat ... oh!«

Charlotte erstickte einen Schrei, denn hinter ihnen hatte es gekracht. Peter klammerte sich an Charlotte.

»Regt euch nicht auf«, sagte Jonathan beschwichtigend und sprang herab, »das ist nur die Tür gewesen. Der Wind hat sie zugeschlagen. Ich hab sie gleich wieder offen.« Er drückte die Klinke hinunter.

»Wie komisch. Sie scheint zu klemmen.«

»Lass mich mal versuchen«, bat Charlotte. Aber die Tür rührte sich nicht. Jetzt versuchte es Jonathan noch mal.

»Es hat keinen Zweck. Sie ist zugeschnappt. Oder ...« Charlotte und er schauten sich an – »oder es hat uns jemand absichtlich eingesperrt.«

»Sarah«, sagte Charlotte grimmig.

»Das würde mich nicht wundern. Ob wir schreien sollen? Vielleicht hört uns der alte Gowdy.«

»Der ist doch taub. Und wenn uns wirklich Sarah eingesperrt hat, dann lacht sie sich ins Fäustchen, wenn wir um Hilfe schreien.«

Peter sagte laut: »Ich will hier nicht mehr sein, Lotte. Ich will jetzt wieder weg.« Sein Gesicht verzog sich, und seine blauen Augen standen voller Tränen.

Seine Geschwister versuchten sofort, so zu tun, als ob alles in Ordnung wäre.

»Na, und wir haben ja wenigstens noch etwas zu essen.« Jonathan griff in seine Hosentaschen und zog ein paar Äpfel und Birnen heraus, Fallobst, das er im Garten aufgehoben hatte.

»Los, Peter, dreh deine Taschen auch um.«

»Sechs Äpfel, zwei davon von Maden zerfressen, sieben unreife Haselnüsse, drei Birnen – sehen mir noch ein bisschen unreif aus – und vier Holzäpfel«, zählte Char-

lotte laut mit. Jonathan musterte das Festmahl, das sie auf der Steinplatte ausgebreitet hatten. Wie lange, überlegte er sich, würde man davon leben können? Wenn sie sich jeden Tag einen einzigen Apfel teilten ... und wie grässlich, wenn man gerade das wurmstichige Drittel vom Apfel bekommen würde. Dann sagte er: »Heute Abend gibt es, glaub ich, Hühnchen. Ich hab gesehen, wie Tante Carry heute Früh dem Fleischerjungen eins abgekauft hat.«
»Wir müssen das Beste aus dem machen, was wir haben«, stellte Charlotte philosophisch fest.

Sie hatten alle Früchte gegessen außer den Holzäpfeln, die zu sauer waren, und den Haselnüssen, die noch gar keine Kerne besaßen.
»Jetzt sollten wir, glaub ich, doch rufen«, schlug Jonathan vor.
Er hatte keine Lust mehr, auf dem Stein zu sitzen. Er war trotz der Säcke kalt.
»Fertig, Charlotte? Fertig, Peter? Eins, zwei, drei ...«
»Hilfe!«, schrien alle drei auf einmal. Draußen fuhr eine Krähe auf und flatterte beleidigt krächzend vorm Fenster vorbei.
Dann herrschte wieder Schweigen.
»Noch einmal!«, befahl Jonathan.
»Hilfe! Hilfe!«
Panischer Schrecken durchfuhr Charlotte. Sie hatte plötzlich das Gefühl, dass sie es keine Minute länger in dieser engen, feuchten Zelle aushalten könnte. Sie wollte den Himmel über ihrem Kopf sehen und die kühle frische Luft

atmen können, sie wollte ihre Beine recken und strecken und umherlaufen können.
»Jonathan«, flüsterte sie, »ich halt's nicht mehr aus.«
»Ruhig, nur ruhig, altes Mädchen«, sagte Jonathan mitfühlend, »pass mal auf, ich versuch's noch mal mit der Tür. Vielleicht muss man nur etwas kräftiger ziehen. Kommt

alle mit, und jetzt auf einmal – los!« Zu ihrer Überraschung öffnete sich die Tür, und sie purzelten rückwärts übereinander auf den Fußboden.
»Na, so was!«, sagte Jonathan und rappelte sich auf. »Das Biest war die ganze Zeit nur verklemmt.« Sie stürzten hinaus, atmeten die Luft in tiefen Zügen ein und blinzelten in den hellen, ersehnten Sonnenschein.
Jonathan zog die Kerkertür wieder zu und drehte den Schlüssel im Schloss. »Eigentlich ...«, begann er.
»Was ist denn?« Sie gingen zusammen die Stufen hinunter.
»Ich habe nur nachgedacht. Vielleicht hat Sarah die Tür wieder aufgeschlossen, als wir drinnen so einen Lärm gemacht haben.«
»Mhmh, möglich wäre es.«

An diesem Tag setzten sie sich erst um zwei Uhr an den Mittagstisch.
»Besser spät als nie«, bemerkte Tante Carry vergnügt, als sie sich entschuldigten. »Ich hatte Sarah auf die Suche geschickt, aber sie konnte euch nirgendwo entdecken. Ich dachte schon, dass ihr euch bei eurem Entdeckungsmarsch verirrt hättet. Aber dass ihr so was erlebt habt! Dass der Wind die Tür so fest zuschlagen kann! Ich glaube, der alte Gowdy hat dort früher immer sein Werkzeug aufbewahrt. Nein, Jonathan, ich weiß leider nicht, was das früher für ein Gebäude gewesen ist. Wenn du aber irgendetwas von der Geschichte dieser Gegend wissen willst, so musst du dich an Mr. Hubble wenden.«

Jonathan warf Sarah einen Blick zu. Sie saß auf einem Stuhl vorm Fenster und schaute in den Garten. Satan lag zusammengerollt auf ihrem Schoß.

»Wir glauben, dass es der Wind gewesen ist«, sagte er und beobachtete Sarahs Gesicht genau, »es ist aber heute gar nicht so viel Wind gewesen, nicht wahr, Sarah?«

Sarah drehte sich um, schaute ihn unter ihren rabenschwarzen langen Augenwimpern her an und lächelte ein geheimnisvolles Lächeln.

»Heute Abend gibt es frischen Himbeerkuchen«, verkündete Tante Carry und goss ihnen Zitronensaft ein. »Sarah hat den ganzen Vormittag Himbeeren gepflückt.«

Charlotte und Jonathan schauten sich nachdenklich an. Nach dem Mittagessen setzte sich Jonathan mit seiner neu geliehenen Staffelei auf den Bürgersteig vor dem Hause. Er machte eine grobe Kohleskizze von der Kathedrale und begann dann zu malen. Er war glücklich.

Charlotte breitete unterdessen ihre Blumen auf dem Küchentisch aus und bat Tante Carry um Löschpapier. Sie hatte vergessen, sich welches mitzubringen.

»Ich will mal sehen, ob Mr. Hubble welches übrig hat«, sagte Tante Carry. Etwas später erschien sie wieder und keuchte unter der Last einiger schwerer Bände einer alten Enzyklopädie.

»Der alte Herr hat sich sehr für alles interessiert. Er fühlt sich zu müde, um euch heute zu sehen, aber ihr sollt ihn morgen besuchen. Und er leiht dir diese Bücher, mein Schatz, damit du deine Blumen darunter pressen kannst. Er hat mir erzählt, dass er früher auch ein leidenschaftlicher Botaniker gewesen ist. Ja, und hier ist das Löschpapier.«

Peter kam hereinmarschiert und zog den schweren Sack mit Spielzeugautos hinter sich her. »Ich spiel jetzt Verkehrsstauung, Lotte«, verkündete er gewichtig.

»Aber nicht hier drin, mein Herzchen«, sagte Tante Carry und lachte, »auf dem Rasen hast du viel mehr Platz.«

Dann machte sie es sich in ihrem Schaukelstuhl vor der offenen Fenstertür bequem und sagte: »Und jetzt musst du mir alles von deinen Eltern und von eurem Zuhause in Brindley erzählen.«

Geschichte und Geheimnis

Charlotte schlief fest. Nicht einmal die Domglocken vermochten sie zu stören. Sie wurde vor Sarah wach, sprang aus dem Bett und zog die Gardinen zurück. Es regnete, und eine schwarze nasse Gestalt huschte über den Rasen.

»Das ist der arme alte Satan«, murmelte Charlotte, »da will ich lieber hinunterlaufen und ihn hereinlassen.«

Als sie die Treppe schon halb hinuntergelaufen war, merkte sie, dass sie aus Versehen nicht ihren eigenen blauen Morgenrock angezogen hatte, sondern Sarahs grünen. Sie wollte zuerst wieder zurücklaufen, ließ es dann aber doch, denn sie würde ja gleich wieder oben sein.

Das Feuer brannte schon im Küchenherd, und das Wasser im Kessel begann zu singen. Es war aber niemand in der Nähe. Sie drehte den Türknopf, aber die Hintertür war oben und unten versperrt. Die Riegel waren schwer und ließen sich schlecht schieben. Sie brauchte ein paar Minuten, bis sie die Tür offen hatte. Dann lockte sie: »Komm, Musch – Musch Musch.«

Eine heisere, beleidigte Stimme antwortete ihr: »Von wegen Musch – Musch! Es wird allmählich Zeit, dass du mich hereinlässt. Ich bin nass bis auf die Knochen.« Charlotte sprang fast an die Decke. Sie schaute sich hastig um. Außer Satan war kein lebendiges Wesen in der Nähe, und der Kater hatte sich jetzt vorm Herd zusammengerollt und leckte sich sein Fell trocken.

»Ist da jemand?«, rief Charlotte ängstlich.

Satan hob seinen schwarzen Kopf. Seine großen bernsteinfarbenen Augen schauten in die von Charlotte. Nanu, dachte sie, er sieht aus, als ob er auch einen Schreck bekommen hätte. Hatte er sie mit irgendjemandem verwechselt? Sie schaute an dem grünen Morgenrock herab, der Sarah gehörte. Hatte Satan geglaubt, dass ihm Sarah die Tür aufmachte? Aber selbst wenn, Satan konnte doch nicht gesprochen haben!

»Schöne Katze«, sagte sie aufmerksam und bewegte sich langsam auf den Kater zu. Satan beachtete sie gar nicht. Da fiel Charlottes Blick auf den vollen Napf mit Katzenfutter, den Tante Carry schon ganz in der Frühe für Satan hingestellt haben musste. Sie hob ihn auf und schob ihn unter seine Nase.

»Brave Katze, friss dein Frühstück«, sagte sie nervös. Satan wandte sich angeekelt ab. Er erhob sich, ging würdevoll zu der offenen Tür, die in die Halle führte, und verschwand.

»Na gut.« Charlotte ging mit dem Kopf voller sonderbarer Gedanken wieder hinauf und zog sich an. Sie beschloss, Jonathan nichts zu erzählen. Sie konnte nicht erwarten, dass er ihr eine so fantastische Geschichte abnehmen würde. Aber sie dachte, ich will Satan im Auge behalten. Sarah hatte an diesem Morgen offensichtlich beschlossen, mit ihnen zusammen zu frühstücken. Vielleicht hatte sie gestern überhaupt nichts bekommen.

»Wenn ihr fertig seid«, sagte Tante Carry, »dann möchte euch Mr. Hubble gerne sehen. Dich auch, Sarah.«

Sarah schmollte und schwieg. Charlotte hatte sie beobachtet und festgestellt, dass Sarah ununterbrochen Satan etwas von ihrem Frühstück zusteckte: Speck, Würstchen und Spiegelei und überraschenderweise auch ein Stück Brot mit Orangenmarmelade. Die grauen Wolken teilten sich, und eine Handvoll Sonnenschein fiel auf den silbernen Kaffeetopf.

»Regen bringt Segen«, fand Tante Carry, während sie hinter ihr her zu Großvater Hubbles Studierzimmer hinaufstiegen. Es lag im ersten Stockwerk und schaute auf den Domplatz hinaus. Alle Wände waren mit Regalen voll alter, schwerer Bücher bedeckt. In einer Ecke stand ein Biedermeier-Flügel, und vor dem Fenster machte sich ein umfangreicher Schreibtisch breit, auf dem Stöße von Papier im leichten Winde raschelten, der zum offenen Fenster hereinwehte. Jonathan stellte fest, dass die Blätter durch kleine Messingnachbildungen vom Dom am Davonfliegen gehindert wurden.

Großvater Hubble saß kerzengerade in seinem Sessel neben dem Feuer, und eine rot-schwarz karierte Wolldecke lag auf seinen Knien. »Ihr seid also die Nichte und die Neffen von Mrs. Bowles«, sagte er lächelnd und schüttelte ihnen mit einer überraschend kräftigen Rechten die Hände. »Wie geht es euch?«

Er hatte einen ganzen Schopf weißer Haare und einen

buschigen Schnurrbart, und seine hellblauen Augen waren klar und klug. Er richtete sie auf Sarah, die neben der Tür stand und nervös mit ihrem Taschentuch spielte. »Hm, hoffentlich unterhältst du deine Gäste gut, Sarah«, sagte er streng.

Sarah starrte ihn mit einem kriegerischen Ausdruck in ihrem Gesicht an. Großvater Hubble musterte sie einen Augenblick lang unbewegt, dann winkte er Jonathan, näherzukommen. »Wenn du etwas von Geschichte hältst, mein Junge, dann bist du hier am rechten Fleck. Du hast gewiss schon vom Bürgerkrieg gehört, wie?«

»Ja, Sir«, antwortete Jonathan.

»Na gut, mein Junge. Und auf welcher Seite stehst du?« Großvater Hubble sah bei dieser Frage ganz wild aus. Er stützte sich zuerst die Hände auf die Knie, zupfte dann an seinen buschigen weißen Augenbrauen, beugte sich nach vorn und musterte Jonathan erwartungsvoll mit seinen hellen blauen Augen.

»Wer – wessen Seite, Sir?«, stotterte der arme Jonathan.

»Na, sag es schon, mein Junge. Du musst dich doch entschieden haben: Für die Royalisten oder die Rundköpfe*, wie?«

»Für die Royalisten, Sir.«

»Das ist brav!« Großvater Hubble schlug Jonathan befriedigt auf die Schulter und ließ sich wieder in seinen Sessel zurückfallen. »Dann will ich euch einmal etwas erzählen,

* Spitzname für die Anhänger Oliver Cromwells und des Parlaments im englischen Bürgerkrieg

das euch zweifelsohne alle interessieren wird. Dieses alte Haus ist über vierhundert Jahre alt. Zur Zeit des Bürgerkriegs ist es Bischofspalais gewesen. Im 17. Jahrhundert haben sie ein neues gebaut, das ihr sehen könnt, wenn ihr über den Domplatz geht – falls ihr an moderner Architektur interessiert seid ...«

(Heiliger Strohsack, dachte Jonathan, das nennt er modern!)

»Der verdammte Schurke Oliver Cromwell gab seinen Soldaten den Befehl, den Domplatz zu belagern und die Kathedrale zu zerstören – diese herrliche Kirche, die im Jahre 1208 begonnen worden ist. Was haltet ihr davon, wie? War das nicht ein Verbrechen?«

Jonathan nickte. »Ja, Sir.«

»Das konnte ihm nur der Teufel eingegeben haben«, schnaubte Großvater Hubble, der allmählich in Fahrt geriet, »die Rundköpfe erstürmten den Platz, umringten dieses Haus und nahmen es schließlich auch. Aber, und das ist eine ganz sonderbare Angelegenheit – nach ein paar alten Handschriften, die sich in meinem Besitz befinden –, steckte keine Menschenseele mehr in diesem Haus, als sie es schließlich stürmten. Sie waren dem Feind entwischt.« Der alte Herr rieb sich die trockenen Hände und kicherte. »Alle Männer, Frauen und Kinder – alle waren verschwunden. Ich habe jedoch niemals herausgefunden, wie das möglich war.« Er blies die Backen auf und starrte das Manuskript auf seinem Schreibtisch unzufrieden an. »Wenn ich nur wüsste, wie – das erst würde mein Werk vollenden«, murmelte er wie im Selbstgespräch. Dann nahm er den Faden der Geschichte wieder auf. »Als Nächstes konzentrierten sich die Rundköpfe auf die Kathedrale. Sie schossen mit ihren großen Kanonenkugeln den Turm ab. Er ist später wieder restauriert worden. Dann brachen sie in die Kirche ein, legten das Schwert an alle Königstreuen, die sich dorthin geflüchtet hatten, zerschlugen die Glocken, bemächtigten sich der Schätze und des Silbers und strichen alle Standbilder und Mauern weiß an. Vandalen!«

Großvater Hubble schlug plötzlich mit der Faust auf seinen Frühstückstisch neben dem Sessel. Die Kinder fuhren zusammen. Er warf seine Decke beiseite und richtete sich mit steifen Gliedern auf. »Gib mir meinen Stock«, befahl er Jonathan, »und dann kommt her und schaut euch dies hier an.«

Die Kinder folgten ihm durch einen langen Gang in ein Schlafzimmer auf der Rückseite des Hauses. Eine Fenstertür öffnete sich zu einem Balkon mit einem schmiedeeisernen Geländer und einer Treppe, die sich zum Rasen hinunterschwang. Neben der Tür lag eine Kanonenkugel, die dazu diente, den Türflügel offen zu halten. Die Kugel war größer als ein Fußball, schwarz und von Rost gesprenkelt.

Der alte Herr kicherte wieder. »Heb sie hoch, mein Junge.«

Jonathan bückte sich und versuchte mit aller Kraft, die Kanonenkugel zu heben, aber sie rührte sich nicht.

»Diese Kanonenkugel ist ein Geschoss. Es wiegt sechzig Pfund.«

Die Kinder stießen einen erstaunten Ruf aus.

»Es ist aus einer eisernen Kanone abgeschossen worden, die achttausend Pfund gewogen hat und die man die Achter-Kanone genannt hat oder die Königliche Kanone.«

Jonathan musterte achtungsvoll die große Kugel. Wie tapfer die Royalisten gewesen sein mochten – gegen so etwas hatten sie nicht ankommen können. Dann fiel ihm etwas ein. »Bitte, Sir«, sagte er mutig, »können Sie uns etwas über das zerfallene Gebäude im Garten erzählen?«

»Aber ja.« Großvater führte sie in sein Arbeitszimmer zurück. »Siehst du das Bild dort oben?« Er deutete auf einen etwas nachgedunkelten Stich an der Wand. »So hat ein Künstler die Ansicht des Domplatzes im 15. Jahrhundert wiedergegeben. Er ist damals von einem Graben umgeben gewesen, kannst du das erkennen?« Er deutete mit seinem Stock auf die betreffende Stelle. »Und das ist die Wehrmauer und das Fallgatter und die Zugbrücke. Damals haben auch noch die vier hohen Wachttürme gestanden. Das ist jetzt alles natürlich verschwunden, aber was du in meinem Garten entdeckt hast, ist der Überrest von einem dieser Wachttürme.«

»Ich habe gewusst, dass es einmal ein Turm gewesen sein muss!«, rief Jonathan aufgeregt.

»Du gefällst mir, mein Junge.« Großvater Hubble klopfte ihm wieder freundschaftlich auf die Schulter. Seine blauen Augen blitzten begeistert. »Ach – die Vergangenheit, die Vergangenheit! Was hat uns die Gegenwart zu bieten im Vergleich zu den verlorenen Reichtümern, dem Glanz und der Glorie der Vergangenheit?«

»Hier kommt der Kaffee, Sir!«, verkündete Tante Carry, die zu Charlottes stillem Vergnügen gerade in diesem Moment mit einem reich beladenen Tablett das Zimmer betrat.

»Ah, der Kaffee.« Großvater Hubble rieb sich zufrieden

die Hände. »Es war nett, dass ihr mich besucht habt.« Er winkte ihnen freundlich zum Abschied zu. »Nein, geh noch nicht, Sarah. Ich muss dir noch etwas unter vier Augen sagen.«

»Was wollen wir heute Vormittag machen?«, fragte Jonathan, während sie wieder ins Wohnzimmer hinuntergingen.

»Ich würde gern einmal den Domplatz erforschen«, antwortete Charlotte. »Wir haben noch nicht einmal die Hälfte von allem gesehen.«

Da gesellte sich Sarah wieder zu ihnen. Sie kochte noch vor Wut.

»Was ist denn los?«, fragte Charlotte ungeduldig.

»Irgendwer hat mich bei Großvater verpetzt. Sicher die schimmelige alte Bowley!«

»Hör mal, sie ist schließlich unsere Tante!«, erinnerte sie Charlotte.

»Er sagt, er will mich wegschicken, wenn ...«

»... wenn du nicht aufhörst, dich wie ein Baby aufzuführen«, vollendete Jonathan bissig.

»Was willst du damit sagen?«, schrie Sarah wütend.

»Stell dich doch nicht so an! Du willst doch nicht etwa behaupten ...«

»Ach, halt doch den Mund, Jonathan«, drängte Charlotte, »willst du nicht mit uns kommen, Sarah?«

»Nein, danke schön!« Sarah reckte die Nase in die Luft und marschierte zur Tür. »Ich hab sehr viel wichtigere Dinge zu erledigen.«

»Warum hast du sie denn um des Himmels willen gefragt? Sie hat dich doch nur vor den Kopf gestoßen.«
»Ach, ich weiß auch nicht. Ich hab gedacht, vielleicht fühlt sie sich allein. Ach ...!« Charlotte blieb stehen. »Ich habe meine Botanisiertrommel vergessen. Wenn ich sie nicht bei mir habe, dann finde ich immer tausend interessante Sachen. Wartet ihr eine Sekunde? Ich hol sie schnell.«
Sie kehrte zum Haus zurück und lief leichtfüßig die Treppe hinauf. Ihre Sandalen machten auch auf dem Teppich kein Geräusch. Die Schlafzimmertür war nur angelehnt, und drinnen unterhielt sich Sarah mit jemandem. Charlotte zögerte.
»... hat gar keinen Sinn, wenn du jetzt maulst. Ich hab es einfach vergessen.«
»Aber du hättest es nicht vergessen dürfen«, antwortete die andere Person. Was für eine sonderbare Stimme! Mehr Schnurren als Sprache, dachte Charlotte, und dann runzelte sie die Stirn: Das war doch die gleiche Stimme, die sie am Morgen gehört hatte, als sie Satan zur Tür hereinließ ...
»Den Schlüssel im Schloss stecken lassen, so dass sie hereinkommen konnten! Sie hätten alles entdecken können!«
Plötzlich merkte Charlotte, dass sie heimlich lauschte. Sie pochte erschrocken und laut an die Tür.
»Komm herein!«, antwortete Sarah. Sie hockte auf dem tiefen Fensterbrett, und neben ihr hatte sich Satan zusammengerollt. Sonst war niemand im Zimmer. Sarah warf Charlotte unter ihren langen Augenwimpern einen

misstrauischen Blick zu. Satan verdrehte seinen Kopf nach einer Fliege auf dem Fenster und gähnte.
»Ich – ich bin wegen meiner Botanisiertrommel noch einmal zurückgekommen«, stammelte Charlotte. Sie sah sie auf der Frisierkommode liegen, packte sie und stürzte damit wieder aus dem Zimmer.

Die beiden Jungen hatten gerade das Ende erreicht. Jonathan verspottete Charlotte wegen ihrer Geschichte.
»Aber ich sag dir doch, dass es stimmt«, beharrte Charlotte, »ich kann doch wohl meinen eigenen Ohren trauen?«
»Was für eine Geschichte! Pass mal auf, Peter: Da hört sie also Sarah mit jemandem reden, und dieser Jemand antwortet auch. Dann geht sie hinein, aber da ist niemand, nur Sarah. Wo steckt denn der andere Jemand? Unter dem Bett? Im Schrank? Ich glaube, du spinnst, altes Mädchen! Und so was nennt sich Wissenschaftler ...«
»Aber ich schwöre dir, dass ich wirklich jemanden gehört habe«, beteuerte Charlotte verzweifelt, »und zwar jemanden mit einer so schnurrigen Stimme wie eine Katze. Es war, als ob ...« Ihre Stimme erstarb. Es war wirklich eine zu verrückte Geschichte. Kein Wunder, dass Jonathan sie nicht ernst nahm. Vielleicht hatte Sarah sie auch nur zum Narren gehalten – ja, das musste es sein!
»Komm zu dir, altes Mädchen. Oder willst du ewig hier stehen bleiben? Ich hab nämlich eine Idee: Wär es nicht fantastisch, wenn wir es entdeckten?«
»Was entdeckten?«
»Na, wie die Royalisten ungesehen aus dem Haus ent-

kommen konnten, was denn sonst! Sag mal, Charlotte, meinst du, dass es vielleicht irgendwo einen geheimen Gang gibt?«

Charlotte lachte. »Du und deine Geheimgänge! So was gibt es nur in Büchern. Los, lass uns lieber die Kathedrale anschauen.«

Alarich kehrt heim

Charlotte saß am Fußende von Jonathans Bett. Sie zog ihm die Decke weg und kitzelte ihn an den Zehen.
»Lass das«, grunzte Jonathan.
»Wach auf, du Schlafmütze!«, sagte Charlotte. »Heute kommt Alarich nach Hause.«
»Wach auf, Jonathan!«, rief Peter. Jonathan stöhnte und richtete sich auf. »Was hast du gesagt?«
»Heute kommt Alarich wieder nach Hause. Ich möchte zu gerne wissen, wie er ist.«
»Schlimmer als diese dämliche Sarah kann er gar nicht sein«, antwortete Jonathan.
»Nicht so laut«, sagte Charlotte, »die Tür ist offen. Sarah kann dich hören.«
»Ich hab euch schon gehört«, ertönte Sarahs Stimme auf dem Flur. »Du hast eine ziemlich laute Stimme, Jonathan!« Bums – schlug die Badezimmertür zu.
»Ach du liebe Zeit«, stieß Charlotte hervor, die niemandem gern wehtun mochte.
»Das geschieht ihr ganz recht«, bemerkte Jonathan erbarmungslos. »Sie hat angefangen. Von Anfang an. Dabei haben wir überhaupt nichts gegen sie gehabt. Stimmt's?«
»Vielleicht ist sie mit Alarich nicht mehr so schlimm«,

überlegte Charlotte, »weißt du, was ich heute am liebsten machen würde? Das ganze Haus von unten bis oben durchforschen.«
»Keine schlechte Idee«, entgegnete Jonathan, dem wieder die Keller einfielen, »wir können Tante Carry ja beim Frühstück fragen.«
»Aber natürlich, meine Herzchen«, sagte Tante Carry, »alle Türen stehen euch offen. Natürlich nur nicht die zu Mr. Hubbles Zimmern. Er diktiert heute Harry und darf nicht gestört werden. Ach, und passt bitte auf den Treppen auf! Heute kommt Mrs. Clant zum Putzen, sie ist ein Schatz, aber sie lässt überall volle Wassereimer und Seifenstücke liegen und stehen.«
Zu ihrer Verblüffung bot sich Sarah als Führer an. Das machte Jonathan misstrauisch, aber Charlotte lächelte ihr zu und nahm es als ein Friedensangebot. Sarah lief hinauf und kehrte mit einer Taschenlampe zurück. »Für die Keller«, erklärte sie, »da unten ist es immer dunkel. Wo wollt ihr anfangen?«
»Ich würde am liebsten oben beginnen und mich nach unten durcharbeiten«, sagte Jonathan.
»Dann müssen wir so gehen.« Sie folgten Sarah die beiden Treppen bis zu ihrem eigenen Flur hinauf. Dann kam die nächste Treppe, die ziemlich steil und gewunden war, und dann erreichten sie eine eichengetäfelte Empore, von der aus man ins Treppenhaus wie in einen tiefen Brunnen hinabblicken konnte.
»Hier entlang«, sagte Sarah wieder und verschwand rechts in einem schmalen Gang. Sie gingen durch zwei leere

Zimmer, und im zweiten führte eine Leiter durch eine Falltür nach oben. »Stoßt euch nicht die Köpfe an!« Sarah kletterte die Leiter rasch hinauf, Charlotte half Peter, und Jonathan ging als Letzter. Sie fanden sich in einem sehr niedrigen Raum mit rohen Dielenbrettern wieder. Das einzige Licht fiel durch ein winziges und verstaubtes Fenster herein. Gerade vor Charlotte huschte eine Maus über den Boden. Sie unterdrückte einen Schrei und sagte ganz ruhig: »Du müsstest Satan hier heraufbringen.«
»Satan? Warum?«, fragte Sarah scharf.
»Wegen der Mäuse natürlich«, sagte Charlotte und musterte Sarah dabei neugierig, denn die Erwähnung der Katze schien sie aus der Fassung gebracht zu haben.
»Ach so«, antwortete Sarah hastig, »jetzt können wir auch wieder gehen, Jonathan. Mehr gibt's hier nicht zu sehen.«
Aber Jonathan hatte schon angefangen, zwischen den alten Kisten und Kasten herumzukramen. Er war entschlossen, etwas Interessantes aufzustöbern. In einer Ecke lagen ein Haufen mottenzerfressener schwarzer Regenschirme, ein zerbeulter grauer Zylinder, ein paar schwere Spazierstöcke und ein leerer Papageienkäfig. »Da drüben ist ja noch ein Raum!«, rief Jonathan und lief quer über den Boden. Er rüttelte an der Tür. »Zugeschlossen. Wo ist denn der Schlüssel?«
»Ich glaube, der ist verloren. Aber da ist auch gar nichts drin. Das ist ebenso ein Bodenraum wie hier, nur leer.«
Jonathan versuchte, durch das Schlüsselloch zu schauen. »Seid mal still«, flüsterte er aufgeregt, »ich glaube, ich habe was gehört!« Er presste sein Ohr an die Tür.

»Was denn?«, fragte Charlotte.
»Ein Mauzen, wie von einer Katze.«
»Nun kommt doch schon!«, sagte Sarah ungeduldig. »Satan ist wahrscheinlich auf der Treppe. Er fängt hier oben manchmal Mäuse.«
Während Jonathan hinter den anderen herlief, schwor er sich insgeheim, das Geheimnis des anderen Bodenraums zu lüften. Sarah hatte es ein bisschen zu eilig gehabt, sie wieder von oben fortzubekommen. Da steckte etwas dahinter! Der Rest des Hauses wurde nur flüchtig besichtigt, denn Jonathan war auf die Kellergewölbe gespannt.
»Es gibt zwei Wege hinunter«, erklärte Sarah. »Durch eine Falltür im Küchenfußboden. Das ist der eine Weg. Und

dann gibt es das Gitter zum Hof, da wo die Kohlen hineingeschüttet werden. Aber da ist es zu dreckig.«
Jonathan begutachtete schon die hölzerne Falltür, die in einer Küchenecke in den Kachelfußboden eingelassen war. »Zuerst muss man sie aufriegeln«, erklärte Sarah Jonathan. Quietschend öffnete sich die Tür, und die Stufen einer Wendeltreppe verloren sich in der Dunkelheit. »Jetzt ist nämlich die Taschenlampe ganz praktisch«, bemerkte Sarah, und sie folgten ihr hinunter. Es roch nach Erde, und die Luft war kalt. Als sie den Fuß der Treppe erreicht hatten, befanden sie sich in einem schattigen unterirdischen Gewölbe, nur schwach von dem Licht erhellt, das durch ein Metallgitter in der Wand brach. »Da kommt die Kohle durch, und da drüben ist der Weinkeller.« Sarah deutete einen Gang entlang. »Da lässt Bowley die Kartoffeln einlagern, und im Sommer hebt sie dort die Milch auf.«
»Gefällt es euch?«, fragte eine Stimme hinter ihnen.
Sarah ließ vor Schreck die Taschenlampe fallen.
»Tollpatsch!«, spottete die gleiche Stimme freundlich, und der Unbekannte bückte sich, hob die Taschenlampe auf und knipste sie wieder an.
»Alarich!«, rief Sarah aus. »Verflixt, was hast du mir für einen Schreck eingejagt!«
»Tut mir leid, ich bin euch hier hinunter nachgelaufen, aber ihr habt einen solchen Lärm gemacht, dass ihr mich gar nicht gehört habt.«
»Wie lang bist du denn ...« Sarah blieb mitten im Satz stecken. »Zurück?«, ergänzte Alarich ihre Frage. »Na, vielleicht eine halbe Stunde. Gehen wir jetzt wieder rauf? Im

Hellen kann man sich besser betrachten, und dann kannst du mich auch ordentlich vorstellen. Nach dir«, sagte er vor der Kellertreppe höflich zu Charlotte.
Sobald sie wieder in der Küche waren, sah Charlotte, dass Alarich ganz anders als Sarah war. Sie sah einen großen, gut gebauten Jungen mit kurzen blonden Haaren und Augen, die genauso gescheit und hellblau wie die seines Großvaters waren. Er trug verschossene Khakishorts und ein blaues Baumwollhemd. Er wandte sich an Jonathan und sagte: »Aha, du bist also der Maler. Ach, da musst du gar nicht so überrascht sein, ich hab das Aquarell vom Dom in der Halle auf dem Tisch liegen sehen, und du hast weiße Farbe am Ärmel, ja, da gerade am linken Ellbogen. Klar, nicht?«
Dann wandte er sich an Charlotte. »Du musst die Botanikerin sein, stimmt's?«
»Ja, aber woher ...?«
»Ach, das ist leicht gewesen. Im Wohnzimmer gucken unter allen hochgestapelten Lexikonbänden doppelte braune Papierbögen heraus. Daraus habe ich geschlossen, dass Pflanzen gepresst werden. Nun ist dieser junge Herr«, er deutete auf Peter, »für so etwas noch zu klein. Er ist mehr der Typ für Spielzeugautos. Deshalb musstest du die Botanikerin sein, Charlotte.«
Die Kinder lachten.
»Ich bin auch wissenschaftlich interessiert«, sagte Alarich und setzte die Brille ab. »Aber nicht an Pflanzen. Mein Fach ist die Chemie. Mit dem Gestank und dem ganzen anderen Drum und Dran.«

»Willst du später Naturwissenschaftler werden?«, fragte Charlotte.

Alarichs vergnügtes Lächeln erlosch. »Da sollte ich mir wohl keine Hoffnungen machen. Großpapa will, dass ich …« Er brach jählings ab, als ob er Angst hatte, zu viel zu sagen. Dann wechselte er das Gesprächsthema. »Harry lässt euch etwas ausrichten. Er will euch heute Nachmittag mit Adelaide nach Schloss Kessing fahren. Das ist nur fünfzehn Meilen von hier entfernt und durchaus sehenswert. Gespenster gibt's da auch. Wenn dich Geschichte interessiert, Jonathan, so ist das gerade das Richtige für dich.«

»Ja, das stimmt«, entgegnete Jonathan, »aber woher weißt du denn das, Alarich?«

»Großvater hat es mir erzählt. Ich hab ihn gleich nach meiner – nach meiner Rückkehr besucht. Er hat euch offenbar schon alles von der Geschichte dieses Hauses erzählt. Das ist ja das Einzige, was ihn wirklich interessiert – die Vergangenheit«, schloss er bitter.

»Kommst du mit uns zu diesem Schloss?«, fragte Charlotte.

»Eh, ich …«, Alarich schien nachzudenken, »nein, ich glaube nicht. Ich kenne es schon, und ich muss erst mal – hm – auspacken und so was. Ob du mir vielleicht hilfst, Sarah? Das heißt, wenn die anderen ohne dich fahren mögen?«

»Aber gerne!«, rief Jonathan so erleichtert, dass ihm Charlotte einen Rippenstoß gab und Sarah ihm einen bitterbösen Blick zuwarf.

»Gut, dann wäre das ja geklärt.« Alarich war schon wieder vergnügt. »Gehen wir noch in den Garten bis zum Mittagessen?« Er öffnete höflich die Tür für Charlotte.

»Ihr beiden hättet aber wirklich mit den anderen fahren sollen«, bemerkte Tante Carry, während sie vor dem Herd stand und in einem Topf mit Marmelade rührte.
»Ich habe etwas zu erledigen«, erläuterte Alarich.
»Das hätte auch warten können. Ich hoffe, dass du dich wenigstens ein bisschen mit ihnen anfreundest, Alarich. Sarah ist nicht sehr entgegenkommend gewesen.«
»Das mach ich schon«, antwortete Alarich.

»Es bedrückt sie auch, dass ihre Mutter im Krankenhaus liegt, weißt du. Wir sollten wirklich versuchen, dass sie sich hier ein bisschen zu Hause fühlen. Sarah, lass die Beeren in Ruhe. Du wirst noch Bauchschmerzen bekommen.«

»Sie sind nett«, sagte Alarich, »und wenn wir uns erst ein bisschen besser kennen, wird sich schon alles regeln. Übrigens, Bowley, hast du wohl irgendwo ein paar Nelken? Du weißt schon, diese Dinger, die du immer in den Apfelkuchen tust.«

»Nelken? Ja, aber natürlich. Wozu brauchst du denn Nelken, Alarich? Du hast doch nicht etwa Zahnschmerzen? Oder?«

»Wieso Zahnschmerzen?«, fragte Alarich verwirrt.

»Na ja. Manche Leute nehmen Nelken gegen Zahnschmerzen. Sie beißen drauf. Aber du solltest dann besser zum Zahnarzt gehen, mein Junge! Komm mal her, mach den Mund auf und lass mich hineinschauen!«

»Na, meinetwegen«, sagte Alarich mit ergebener Stimme. Tante Carry starrte ihm eindringlich in den Mund und verkündete dann: »Ich kann nichts sehen. Aber vielleicht sollte ich dich auf alle Fälle bei Dr. Walker anmelden. Vorbeugen ist besser als heilen, weißt du?« Dabei machte sie die Tür vom Küchenschrank auf, kletterte auf einen Hocker und holte ein kleines Porzellangefäß aus dem obersten Regal.

»Was für ein Umstand!«, stöhnte Alarich, während er mit Sarah und ihrer gemeinsamen Nelkenbeute zu ihrem Zimmer hinaufstieg.

»Und jetzt musst du auch noch zum Zahnarzt gehen«,

spottete Sarah, »armer alter Alarich! Aber wirklich, die Zutaten für dieses Experiment sind viel schwieriger zu beschaffen. Das sind so komische Sachen! Wie sollen wir nur ein Haar aus dem Schwanz von einer Kuh bekommen, und ...«

»Schtscht! Doch nicht hier, du Trottel! Bowley würde sagen: ›Wände haben Ohren‹! Im Übrigen: Wir beide müssen dann eben einmal eine Radtour aufs Land unternehmen. Aber zuerst ...«

»Zuerst was?«, fragte Sarah.

»Zuerst müssen wir den armen alten Satan aus seiner Bodenkammer befreien. Er ist seit vier Tagen dort eingesperrt. Allmählich muss es ihm ja langweilig werden.«

»Hör mal, Alarich – glaubst du, dass sie Verdacht geschöpft haben?«

»Wir müssen sehr vorsichtig sein. Mir ist aufgefallen, dass uns Charlotte von Zeit zu Zeit so sonderbar anschaut. Ich glaube nicht, dass sie uns gestern im Schlafzimmer belauscht hat, aber ... weißt du, auf eine Weise ist es wirklich schade, dass sie nicht mitmachen können. Diese Charlotte weiß alles über Pflanzen und Kräuter. Mit ihrer Hilfe ...«

»Ich trau ihnen nicht«, stieß Sarah eifersüchtig hervor, »sie würden es sicher Bowley erzählen. Nein, nein, wir müssen alles für uns behalten. Nur du und ich, Alarich. Niemand sonst.«

Etwas später am Nachmittag standen die fünf Kinder vor der alten steinernen Pumpe vor dem Dom. Die drei Vaughans waren gerade von Schloss Kessing zurückgekommen.

»Es war herrlich«, sagte Charlotte. Ihr blasses Gesicht hatte Farbe bekommen, und ihre Botanisiertrommel barst fast.
»Seid ihr die Gespensterstiege hinaufgegangen?«, erkundigte sich Alarich mit einer Grimasse.
»Das ist doch nur Unsinn«, antwortete Charlotte fest, »ich verlasse mich lieber auf meine eigenen Augen.«
»Und Ohren!«, warf Jonathan spöttisch ein.
»Das ist der wahre Wissenschaftler«, sagte Alarich anerkennend, »verlässt sich nur auf Beweise.«
Satan kam über den Kies gestelzt, schmuste um Alarichs Beine herum und verschwand dann im Gebüsch hinter der Pumpe.
»Du bist ja wieder zurück, Alarich, mein Lieber!«, trillerte eine Stimme.
»Die hat uns gerade noch gefehlt«, murmelte Alarich aufgebracht. Miss Tabitha Trinket kam ihnen entgegengetrippelt. Sie war die Cousine von Elisha Trinket, dem sie den Haushalt führte, und wohnte nebenan.
»Hast du es nett gehabt, Lieber?«, fragte Miss Trinket Alarich, wobei sie alle Kinder mit ihren runden grünen Augen neugierig und gründlich musterte. »Zu schade, dass du nicht die Zeit gefunden hast, mir nur eine einzige Ansichtskarte zu schicken!«
Es war wirklich erstaunlich, dachte Alarich, was diese Miss Trinket immer herausbekam. Vor ihr war kein Geheimnis sicher.
»Und ihr müsst die Brindleyer Nichte und die Neffen von Mrs. Bowles sein«, fuhr sie fort und wandte sich an Charlotte und die Jungen. Sie schnatterte endlos wei-

ter und gab ihrem riesigen tomatenroten Hut dabei von Zeit zu Zeit einen Stups. Miss Trinket schwatzte für ihr Leben gern. Reden war ihre Lieblingsbeschäftigung, und es kümmerte sie gar nicht, wenn ihre Zuhörer so wie jetzt vor Langeweile Gähnkrämpfe bekamen. »Nanu!« Plötzlich beugte sie sich zu Satan hinab, der wieder aufgetaucht war, und begann ihn zu streicheln. »Da ist der liebe alte Satan ja wieder. Was habt ihr dem Kerlchen nur für einen grässlichen Namen gegeben. Wo bist du denn die ganze Zeit gewesen?«

»Er ist nirgends gewesen«, sagte Alarich scharf.

»Aber doch!«, erklärte Miss Trinket. »Ich stelle ihm jeden Tag eine Schüssel voll Fisch vor meine Hintertür. Meine eigenen kleinen Miezekätzchen bekommen so viel, dass immer etwas für ihn übrig bleibt. Aber er ist vier Tage lang nicht an meine Tür gekommen. Da war nur eine andere schwarze Katze, aber sie ist größer als Satan und außerdem viel hässlicher ...«

Charlotte merkte, dass Alarich ärgerlich wurde. »Es muss aber Satan gewesen sein«, erwiderte er schroff.

»Unsinn!«, sagte Miss Trinket ungeduldig. »Ich sage euch doch, dass es nicht Satan gewesen ist. Diese Katze ist kohlpechrabenschwarz gewesen, sie hatte keinen einzigen weißen Fleck an ihrem ganzen Körper. Aber Satan hat hier einen winzigen weißen Fleck ...« Sie drehte Satans Kopf nach oben. »Seht ihr? Direkt unter seinem Kinn. Da kann es keinen Irrtum geben, oder, Herr Besserwisser?« Sie schwirrte davon, und Sarah streckte ihr die Zunge heraus.

»Ich habe eine Idee«, sagte Alarich sofort, als ob er das Gesprächsthema so rasch wie möglich wechseln wollte. »Lasst uns nach dem Abendessen Verstecken spielen.«

»Oh, prima!«, rief Jonathan.

»Aber dann ist es schon dunkel«, wandte Charlotte ein.

»Umso besser. Macht viel mehr Spaß.«

»Drinnen oder draußen?«, fragte Jonathan.

»Ach, natürlich draußen. Drinnen können wir immer noch bei Regen spielen.«

Sardinen

Nach dem Abendessen waren die Kinder immer noch unternehmungslustig und zu allem bereit.
»Peter kann aber nicht mitspielen«, verkündete Charlotte, »Tante Carry sagt, es wird dann zu spät für ihn.«
»Ich kenne ein Spiel, das viel mehr Spaß macht als Verstecken«, warf Harry unerwartet ein, »es heißt Sardinen. Das haben wir immer gespielt, als ich ein kleiner Junge war.«
»Und was für einen Lärm ihr immer dabei gemacht habt!«, sagte Tante Carry und lachte. »Weißt du noch, wie du dich in der Badewanne versteckt hast, Harry?«
»Daran soll ich mich wohl noch erinnern«, antwortete Harry. »Einer von den anderen hat sich nämlich herangeschlichen und den Kaltwasserhahn aufgedreht.«
»Wir gehen aber in den Garten«, erklärte Alarich lächelnd. »Immerhin, wie geht das Spiel denn?«
»Es ist genau umgekehrt wie Verstecken. Einer versteckt sich, und alle anderen müssen ihn suchen. Einzeln natürlich, nicht alle auf einmal. Wer ihn findet, der muss bei ihm bleiben und sich auch verstecken. Das geht so lange, bis nur noch einer übrig bleibt. Wenn der die anderen dann findet, dann ruft er ›Sardinen‹.«

»Das klingt ganz gut«, bemerkte Alarich. »Sardinen!«, schrie er plötzlich so laut, dass die Fenster bebten.

»Raus mit euch!«, rief Harry. »Ich werd euch Sardinen geben, wenn ihr mich nicht jetzt in Ruhe meine Zeitung lesen lasst!«

Im Garten sank die Dämmerung. Alarich holte einen Penny aus seiner Hosentasche. »Wappen oder Zahl?«, fragte er Jonathan.

»Zahl«, sagte Jonathan. Alarich ließ die Münze kreisen. »Wappen«, verkündete er.

Charlotte riet richtig und Sarah falsch. So blieben nur noch Alarich und Charlotte übrig.

»Zahl«, sagte Alarich. Die Zahl fiel jedoch nicht. »Na gut, zählt bis zwanzig, dann lauft los und sucht mich, aber einzeln, denkt daran!«

»Zwanzig – neunzehn – achtzehn ...« Sie zählten, so laut sie konnten, und schließlich kamen sie bei der Null an. Sie rannten in verschiedene Richtungen davon. Charlotte kroch auf allen vieren auf dem schattigen Rasen herum und entdeckte Alarich, der auf dem Bauch unter der Gartenbank lag. Sie quetschte sich neben ihn, aber ihre langen Beine ragten unter der Bank hervor. Nach kurzer Zeit hatte Jonathan sie entdeckt. Ihn kitzelte ein Grashalm in der Nase: »Hatschi!« Sarah stolperte fast über sie und schrie triumphierend: »Sardinen!«

»Jetzt bist du dran, Sarah!« Alarich rieb sich den Arm, der ihm eingeschlafen war.

Sarah war schon schwieriger zu finden. Als Jonathan den Obstgarten durchkämmte, erkannte er den schattigen

Umriss einer Hängematte über seinem Kopf. »Ich hab dich, Sarah!«, flüsterte er und kletterte hinein. Die Hängematte schwankte gefährlich. Sarah fing an zu kichern. »Halt bloß den Mund«, flehte Jonathan. Die Hängematte schlug über, und sie fielen beide mit einem Bums in das dichte Wiesengras.
»Sardinen!«, schrien Alarich und Charlotte zusammen, die gerade beide aus verschiedenen Richtungen angestürzt kamen. Jonathan rieb sich das Bein. »Das ist zu komisch: Wenn man aus irgendwas rausfällt, dann landet man immer in Brennnesseln!«
»Und jetzt du, Charlotte!«, sagte Alarich.
Charlotte stahl sich durch den Bogengang, lief den Pfad entlang und sprang über die paar Stufen in den versunkenen Graben hinunter. Wo konnte sie sich hier verstecken? Sie schaute zu dem verschwommenen Umriss des Kerkers empor, der sich jenseits des anderen Rasenhanges erhob. Sollte sie sich dort verstecken? Sie lief die Stufen hinauf und rüttelte an der Tür. Sie war verschlossen, und der Schlüssel war verschwunden. Sie zögerte und verlor dabei kostbare Sekunden, ehe sie sich durch ein dichtes Dickicht aus Büschen und Unkraut hinter dem alten Gemäuer zwängte. Sie keuchte, und ihr Herz schlug schnell. Gerade noch rechtzeitig, dachte sie, denn sie hörte verstohlene Fußschritte und dann flüsternde Stimmen. »Wo steckt sie denn jetzt?«, fragte eine Stimme – die von Sarah. Jemand lachte. Eine andere Stimme – die von Alarich – antwortete: »Auf jeden Fall nicht hier drin.«
Sie sollen doch nicht zusammen suchen, dachte Charlotte

aufgebracht. Da wurde eine Taschenlampe angeknipst. Sie konnte erkennen, wie das Licht die Spitzen eines Farnwedels versilberte, der aus den Mauersteinen des Kerkers herauswucherte.

»Sag mal, Alarich, wollen wir jetzt gehen?«, fragte Sarah eifrig.

»Wir dürfen dann aber nicht lange bleiben. Sieh mal: Majoran und ein paar Lorbeerblätter aus meinem Garten«, antwortete Alarich.

Ein plötzlicher Windstoß ließ das Laub rascheln und die Zypresse ächzen und stöhnen. Danach herrschte tiefes Schweigen. Sie müssen wieder fort sein, dachte Charlotte. Majoran und Lorbeerblätter aus meinem Garten – was wollte Alarich denn damit? Was sollte das alles bedeuten? Sie stand mit steifen Gliedern auf und schlich sich zur Vorderseite des Turmes. Ich will mich lieber woanders verstecken, dachte sie. Sonst merken sie, dass ich sie belauscht habe. Sie stieg die Treppe wieder hinunter und lief über den versunkenen Rasen. Der Holzapfelbaum vielleicht? Ja! Sie fand am Stamm Halt für ihre Füße, schwang sich hinauf und war im nächsten Augenblick im Laub verschwunden. Die Zeit verstrich, und niemand kam. Sie begann vor Kälte zu bibbern und wünschte, sie hätte sich ihre Strickjacke mitgenommen.

»Bimbam!« Die Domuhr begann die Stunde zu schlagen – schon neun Uhr. Plötzlich schrak sie zusammen. Irgendetwas berührte ihren Fuß. Sie schaute hinab und gewahrte das helle Rund eines Gesichtes.

»Sardinen!«, rief eine vertraute Stimme.

»Jonathan!«, rief sie erleichtert und ließ sich den Stamm entlang ins taufeuchte Gras gleiten.
»Ich habe wie verrückt gesucht«, erzählte Jonathan, »dann rief Tante Carry vom Haus und sagte, dass wir alle hereinkommen sollten. Aber ich konnte keinen finden. Wenn ich nur eine Taschenlampe gehabt hätte. Ich glaube, morgen kauf ich mir eine. Hast du die anderen gesehen?«
Charlotte erzählte Jonathan, was geschehen war.
»Majoran und Lorbeerblätter«, wiederholte Jonathan. Dann schüttelte er seinen Kopf. »Klingt absolut irre.«
»Aber wir sollten sie vielleicht doch suchen«, sagte Charlotte, »oder glaubst du, dass sie hineingegangen sind?«
»In das Haus? Oder in den Turm?«
»Der Turm!« Charlotte blieb stehen. »Natürlich. Warum hab ich denn nicht gleich daran gedacht ... Komm, lass uns nachsehen!«
Sie krochen die Kerkerstufen hinauf.
»Bleib stehen. Nicht weiter!«, flüsterte Jonathan aufgeregt. »Drinnen ist ein Licht, das sind sie! Komm in den Schatten.«
Das Licht verschwand, die Kerkertür knarrte und wurde einen Spalt weit geöffnet.
»Die Luft ist rein!«, sagte eine Stimme. Zwei dunkle Gestalten schlichen die Stufen hinab und verschwanden jenseits des Rasens.
»Na also!«, sagte Charlotte. »Ich hab's doch gewusst, dass die beiden was vorgehabt haben. Schnell, Jonathan. Lass uns drinnen mal nachsehen.« Aber die Tür war wieder verschlossen, und der Schlüssel steckte nicht mehr.

»Verdammt noch mal!« Charlotte war ganz aus der Fassung gebracht.
»Er hat den Schlüssel mitgenommen.«
»Ruhig, nur ruhig, altes Mädchen. Sie haben sich schließlich nur versteckt.«
»Nur versteckt? Da bin ich nicht so sicher. Ich glaube ... Ach was, wir werden schon sehen.«
»Hallo, hallo!« Harry stand am Fuße der Treppe zum Kerker und schmauchte seine Pfeife. »Eure Tante hat mich losgeschickt, damit ich euch suche. Es ist schon halb zehn.«
»Wir haben Alarich und Sarah gesucht«, erklärte Charlotte. Harry warf den Kopf zurück und lachte herzlich. »Ach, diese beiden Racker! Sie sind wahrhaftig groß im Sichdrücken. Aber diesmal haben sie euch gesucht, das haben sie wenigstens gesagt.«
Sie gingen zum Haus zurück. Alarich und Sarah saßen in der Küche und tranken Kakao. »Wo habt ihr euch denn versteckt?«, fragte Sarah unschuldig und warf ihnen unter ihren langen Augenwimpern einen Blick zu. »Wir haben euch die ganze Zeit gesucht, aber wir konnten euch nicht finden.«

Nimm Lorbeerblatt und Majoran

»Heute ist Freitag und Markttag«, verkündete Tante Carry beim Frühstück, »kommt jemand von euch mit?«
»Ja, ich gerne«, antwortete Jonathan sofort, weil ihm einfiel, dass er sich eine Taschenlampe kaufen wollte.
»Peter und ich begleiten dich auch«, ergänzte Charlotte.
»Ich bin schon oft auf dem Markt gewesen«, setzte Alarich ein wenig zu geschwind hinzu, »wenn's euch nichts ausmacht, so setze ich mich lieber mit einem Buch in den Garten.«
»Ich auch«, sagte Sarah mit ihrem geheimnisvollen Lächeln.
Tante Carry holte ihren großen Einkaufssack auf dem Rädergestell, und Peter schob ihn durch die engen Straßen zum kopfsteingepflasterten Marktplatz. Hier herrschten Lärm und Durcheinander.
»An den Markttagen kommen einfach alle Leute aus der Umgebung von Stoweminster hierher«, erklärte Tante Carry, während sie ihre ellenlange Einkaufsliste studierte.
»So, meine Schätzchen, jetzt hab ich was zu tun. Ich würde vorschlagen, dass wir uns in einer Stunde vor dem Café treffen. Da können wir uns dann ein zweites Frühstück gönnen.«

Die Kinder schlenderten an den Marktständen entlang. Der Lärm war beträchtlich – Hunde bellten, Kinder schrien, Frauen tratschten, und die Markthändler priesen mit gellenden Stimmen ihre Waren an.
»Hier gibt's offenbar nichts, was sie nicht verkaufen«, bemerkte Charlotte, die gerade hoch aufgetürmte Berge von dicken grüngelben Kürbissen, riesigen Tomaten und besonders langen Stangenbohnen bewunderte.
»Ja«, antwortete Jonathan, »nur keine Taschenlampe.«
»Da drüben ist ein Fahrradgeschäft«, sagte Charlotte, »da gibt es sicher welche.«
Während sie die Hauptstraße überquerten, sagte Jonathan: »Am liebsten möchte ich so eine wie Sarah haben, die ist ausgezeichnet. Ich möchte übrigens zu gerne wissen, was sie jetzt tun, Alarich und Sarah ...«

»Ein Glück, dass wir sie mal für eine Weile losgeworden sind«, sagte Sarah.
»Ja, hoffentlich schaffen wir in der Zeit auch etwas.« Alarich ließ sich im Gras des Baumgartens nieder, lehnte sich an den moosigen Stamm eines Birnbaums und schlug sein Buch auf. Die Blätter waren vom Alter vergilbt und braun gefleckt. »Hier sind wir: Seite fünf. Unser zweites Experiment. Auf dass es so erfolgreich verlaufe wie das erste! So, jetzt wollen wir eine Liste machen und alles aufschreiben, was wir noch nicht zusammenhaben. Hör genau zu:

Lorbeerblatt und Majoran,
Nelken, Muskat, Thymian,

Gartenraut' und Farn vom Rain
solln im Topf gesotten sein.«

»Kein Muskat«, stellte Sarah fest.
Alarich schaute von seinem Buch auf. »Was ist Muskat?«
»Keine Ahnung«, antwortete Sarah. Alarich las weiter:

»Von Kamillen Blatt für Blatt
Salbei, der gelegen hat,
Estragon und Farn vom Rain
solln im Topf gesotten sein ...«

»Ich hab noch keine – wie heißt das? –, ach ja, Kamille. Ich weiß genau, wie sie aussieht, weil ich nachgeschlagen habe, aber sie scheint hier nicht zu wachsen.«
Alarich dachte einen Augenblick nach. »Vielleicht hat Charlotte welche in ihrer Sammlung«, dachte er laut.
»Soll ich schnell mal nachsehen, während sie weg ist? Ihr Herbarium steht im Wohnzimmer.«
»Nein. Ich schau nachher selber nach.« Er las weiter:

»Nimm ein Blatt vom Kapernstrauch,
Kreuzkraut und Melisse auch,
misch es mit Holundermark,
koch es in dem Kessel stark.
Ein Haar der gescheckten Kuh,
Borsten einer Sau dazu,
Lämmerwoll' und Katzenfell,
koch es in dem Kessel schnell.«

»Ja, das haben wir alles«, sagte Sarah.
»Gut.« Alarich schlug das Buch wieder zu. »Du stellst fest, was Muskat ist, und beschaffst dann welchen, und ich suche in Charlottes Herbarium nach Kamille.«
»Pscht!«, warnte Sarah. »Der alte Gowdy kriecht hier irgendwo herum. Ich hab eben seinen Hut gesehen. Weißt du, was ich gestern gedacht habe, Alarich? Das wäre doch eine Mordsgaudi, wenn wir ihn in ein ...«
»Du lieber Himmel, nein!«, rief Alarich aus. »Wenn du doch endlich mit diesem Unfug aufhören würdest ...«
»Ich hab doch bloß gedacht«, antwortete Sarah.
»Dann denk nicht mehr. Also, in einer halben Stunde treffen wir uns wieder, und bis dahin hast du den Muskat.«

Jonathan war endlich zu seiner Taschenlampe gekommen. »Ich nehm sie so, wie sie ist«, sagte er stolz zu dem Verkäufer. »Sie brauchen sie gar nicht einzuwickeln.«
Sie traten wieder auf die volle Straße hinaus. »Die ist Klasse«, prahlte Jonathan, »sieh mal, Peter, so knipst man sie an. Ich gehe jede Wette ein, dass sie noch stärker ist als die von Sarah. Sie hat eine ... oje, entschuldigen Sie bitte!«
»Hast du denn keine Augen im Kopf?«, fragte eine scharfe Stimme.
»Guten Morgen, Miss Trinket«, sagte Charlotte höflich.
»Ach, ihr seid es, meine Lieben! Aber das ist kein Grund, mich umzustoßen.« Sie stieß ein kleines gekünsteltes Lachen aus und starrte mit neugierigen Augen Jonathans Taschenlampe an.

»Das ist aber eine hübsche Taschenlampe. Und so nützlich, wenn man sich im Dunkeln zurechtfinden muss. Wie gefällt es euch denn in einem so alten Haus?«

»Oh, es ist schön«, stotterte Jonathan verlegen.

»Wir sind in den Keller runtergegangen«, verkündete Peter. Er war ganz in den Anblick von Miss Trinkets Hut versunken. Dieser sah wie ein grünes Vogelnest voller Eier aus.

»Ach ja, die Keller. Scheußliche schwarze Löcher. Ich wünschte, mein Haus hätte gar keine Keller. Das sind nur Verstecke für Einbrecher, davon kann mich niemand abbringen.«

»Tante Carry tut Kohlen und Tomaten rein«, erklärte Peter.

»Wirklich? Na, die Falltür zu meinem Keller ist immer verriegelt. Wir sind seit Jahren nicht mehr unten gewesen. Ich hab auch nicht die Absicht, in der nächsten Zeit hinunterzusteigen. Schon diese grässlichen Stufen!«

»Jetzt müssen wir aber wirklich gehen«, begann die arme Charlotte.

Aber Miss Trinket kannte keine Gnade. »Findet ihr nicht auch, dass Sarah ein höchst sonderbares kleines Mädchen ist? Ich denke immer, sie ist viel zu viel allein gewesen. Sie hat mich eben auf dem Markt so etwas Komisches gefragt« – hier stieß Charlotte Jonathan bedeutungsvoll in die Rippen –, »sie hat gefragt: ›Wissen Sie, was Muskat ist?‹ – ›Muskat?‹, hab ich gefragt, ›meinst du das Kuchengewürz?‹«

»Und was hat sie geantwortet?«, fragte Charlotte gespannt.

»Sie hat gesagt: ›Ach, dann kann ich's ja bei unserem Kaufmann bekommen‹, und weg war sie! Ich habe manchmal das Gefühl, dass Sarah ein kleines bisschen ...« Miss Trinkets Redestrom brach ab, denn sie hatte auf der anderen Straßenseite ein neues Opfer erspäht. »Auf Wiedersehen, meine Lieben!«, trillerte sie und huschte davon.

»Muskat«, sagte Charlotte nachdenklich, »ich möchte wirklich wissen, was Sarah damit machen will.«

»Was weiß ich«, erwiderte Jonathan uninteressiert.

Am Nachmittag schrieb Charlotte einen langen Brief an ihre Eltern. Als sie ihn in den Briefkasten gesteckt hatte, beschloss sie, ein wenig an ihrem Herbarium zu arbeiten.

»Das ist aber komisch«, bemerkte sie.

Jonathan schaute von seiner Zeichnung auf. »Hm?«

»Das sind die Blumen, die ich voriges Jahr zu Hause gepresst habe«, sagte Charlotte und hielt eine braune Mappe in die Höhe. »Irgendjemand ist dran gewesen, und jetzt fehlt eine Pflanze. Das kann man genau sehen.«

»Vielleicht ist sie rausgefallen!« Jonathan verstand nicht, warum sich Charlotte aufregte. Ja, wenn es sich um eine von seinen Zeichnungen gehandelt hätte!

»Bei mir kann nichts herausfallen«, antwortete Charlotte entschieden.

»Vielleicht Sarah?«, vermutete Jonathan.

»Aber warum? Nur zum Spaß? Sicher nicht. Und warum nur eine einzige Pflanze? Warum gerade die Kamille?« Charlotte schüttelte verwirrt den Kopf. »Majoran und Lorbeerblatt, Muskat und Kamille. Was wollen sie nur damit? Na, vielleicht brauen sie sich einen Zaubertrank daraus«,

sagte sie und lachte, »wo stecken sie denn jetzt eigentlich?«

»Wo soll wer jetzt stecken?«, fragte Tante Carry, die gerade hereinkam, um den Tisch zum Abendbrot zu decken. »Ach, ich kann es mir schon denken. Alarich hab ich seit dem Mittagessen nicht mehr gesehen, aber Sarah hab ich gerade vom Küchenfenster aus entdeckt. Sie stand vorm Dom und schaute den Mauerseglern zu.«

Die Wetterfahne zeigte nach Süden, und dicke dunkle Wolken jagten über den Himmel auf Sarah zu. Sie starrte wie gebannt zum Kirchturm empor. Es sah aus, als ob er gleich umkippte. Sie schloss die Augen und riss sie wieder auf. Nein, der Turm stand noch. Es muss irgendwie mit den Wolken zusammenhängen, dachte sie. Die goldene Kugel unter der Wetterfahne leuchtete im Licht der untergehenden Sonne. Wie weit entfernt sie war, wie hoch oben! Sarah musste an den Dachdecker denken, von dem ihr der Großvater erzählt hatte. Er war vor langer Zeit vom Kirchturm gefallen, und die Leute hatten ihn dort begraben, wohin er gefallen war, direkt im Rasen. Und da waren die Mauersegler wieder! Sarah schaute ihnen versunken zu. Jeden Abend schossen sie bei Sonnenuntergang so durch die Luft, jagten sich knapp über der Turmspitze und stießen dabei ununterbrochen ihre hellen, schrillen Schreie aus. Wie herrlich musste es sein, wenn man sich noch höher als sie in die Luft schwang und keine Angst vorm Absturz haben musste.
»Ich hab alles fertig«, sagte eine Stimme neben ihr. Sarah fuhr herum. Alarich stand auf dem Rasen, ein Schatten vor dem mohnroten Abendhimmel. Seine blauen Augen blitzten vor Aufregung.
»Oh, Alarich! Wann?«
»Heute Nacht«, antwortete Alarich.

Das Hubble-Gebubbel

»Unsere Glock' hat zwölf geschlagen. Es ist eine klare Nacht. Die Stadt ist wohl bewacht!«, rief Latchum. Dann begannen die Domglocken zu läuten, und Sarah setzte sich vorsichtig im Bett auf.

Sie hatte lange geübt, bis sie vom Mitternachtsgeläut wirklich wach wurde. Vorsichtig schlüpfte sie aus dem Bett, um Charlotte nicht aus dem Schlaf zu reißen. Sie angelte mit den Füßen nach ihren Pantoffeln, zog den Morgenrock an, huschte zum Fenster und wartete auf das Zeichen.

Der Mond war hinter einer Wolkenbank verschwunden. Der dunkle Rasen und die Schattenflecke der hohen Bäume sahen fern und geheimnisvoll aus. Plötzlich kamen Sarah Worte in den Sinn:

Wenn sich Motten und Mäuse ins Freie wagen,
und Eulen die Mäuse und Motten jagen,
wenn Kröten und Fledermäuse erwachen,
und Katzen sich auf die Pfoten machen –

Wie sollte das wohl weitergehen?, fragte sie sich. Ach, da war es schon:

Der Rasen ist dann ein Teich aus Schatten,
in dem sich die Bänke verwandelt hatten,
sie trieben als Boote über …

»Schuhu – schuhu!« Sie fuhr zusammen. Das war das Signal! Ja, und da war ja Alarich, der geduldig unten im Schatten auf dem Rasen stand.

Sie griff hastig zur Taschenlampe und schlich auf Zehenspitzen zur Tür. Dann fiel ihr noch etwas ein – die neuen braunen Schnürschuhe. Sie hob sie auf und klemmte sie unter den Arm. Die Schlafzimmertür schloss sich geräuschlos hinter ihr.

Charlotte hatte wach bleiben und über die Ereignisse dieses Tages nachdenken wollen. Aber sie war, wie es in solchen Fällen oft geschieht, im Handumdrehen eingeschlafen. Als sie wieder wach wurde und die schmale Sichel des zunehmenden Mondes draußen vorm Fenster sah, glaubte sie, nur für ein paar Minuten eingenickt zu sein. Charlotte drehte sich um. Das Bett neben ihr war leer. Sarah war verschwunden.

Sie setzte sich auf, und es fröstelte sie vor Aufregung und Angst. Wie viel Uhr mochte es sein? Sie warf einen Blick auf die Nachttischuhr. Fünf vor eins. Vielleicht war Sarah nur ins Badezimmer gegangen, dachte sie. Sie warf sich den Morgenrock um und ging auf Zehenspitzen auf den Flur hinaus. Wie still das Haus war! Die Badezimmertür stand angelehnt, aber niemand war drinnen. Sie tastete sich in Jonathans Zimmer und schüttelte ihn an der Schulter.

»Was'n los?«, brummte Jonathan.
»Sarah! Sie ist nicht im Bett. Sie ist fort.«
»Fort? Aber wo denn?«
»Sicher im Kerker. Komm mit! Und vergiss nicht deine Taschenlampe. Beeil dich!« Draußen näherten sich schwere Schritte.
»Das ist nur der Nachtwächter«, flüsterte Charlotte. Als sie vor der Schlafzimmertür standen, jammerte eine kleine Stimme: »Wohin geht ihr denn?«
Jonathan seufzte. »Wir gehen nur ein bisschen spazieren.«
»Ich will mit!« Sie wussten, dass Widerspruch zwecklos war.
»Du musst aber ganz still sein!«, befahl ihm Charlotte. »Ein einziges Wort – und ich bring dich hierher zurück.«
Peter nickte und zog sich begeistert seine Hausschuhe und seinen Morgenrock an.
»Du gehst zuerst, Jonathan!«, ordnete Charlotte an. »Du hast die Taschenlampe.« Sie stellten fest, dass die Tür in der Halle nicht mehr verriegelt war. »Hier müssen sie hinausgegangen sein«, murmelte Jonathan. Er knipste seine Taschenlampe aus. Das Licht konnte jetzt verräterisch sein. Sie schlichen durch den Eingang, durch das große Tor in den Hof und dann in den Garten. Überall raschelte und stöhnte es, denn der Nachtwind fuhr in die hohen Bäume. Und schließlich ragte der Turm aus dem Schatten, und die große Zypresse stand wie ein Geisterwächter daneben.
Der Schlüssel steckte im Schloss. Jonathan stieß die Tür auf, knipste seine Taschenlampe an und warf einen Blick

hinein. Dann stieß er einen unterdrückten Schrei aus. »Donnerwetter! Das ist ja nicht zu fassen! Schau dir das an, Charlotte.«

Charlotte sah ihm über die Schulter. »Ziegelsteine!«, rief sie. »Aber wo ...«

»Daher!« Jonathan deutete schwungvoll auf ein gähnendes Loch in der Seitenwand unter der großen Steinplatte.

Sie drängten sich aneinander und schauten hindurch.

»Stufen!«, keuchte Charlotte. »Da führt eine Treppe hinunter!« Sie begannen wieder, vor Aufregung zu zittern.

Jonathan triumphierte jedoch. »Das Geheimnis des Kerkers!«, rief er aus. »Los, altes Mädchen, wir klettern hinunter!«

»Moment!« Charlotte kehrte um, zog den Turmschlüssel aus der Tür und steckte ihn in die Tasche. »Nur aus Sicherheitsgründen«, murmelte sie.

Einer nach dem anderen zwängte sich durch das schmale Loch in der Seitenwand. »Zieht den Kopf ein und haltet euch an mir fest!«, befahl Jonathan und begann, die Treppe hinabzusteigen. Charlotte konnte nicht umhin, Jonathan zu bewundern. Wie mutig er war! Normalerweise war sie immer die Anführerin, aber diesmal – Jonathan tastete immer mit dem Fuß nach der nächsten Stufe. Er hatte seine Taschenlampe fest umklammert und dachte beglückt: Endlich ist es so weit, ich, Jonathan Vaughan, entdecke einen Geheimgang, ich hab immer gewusst, dass ich das eines Tages machen würde. Und ich habe überhaupt keine Angst.

Plop! Plop! Plop! Plop!

»Was ist das?«, stieß er hervor und ließ vor Schreck fast die Taschenlampe fallen.
»Da tropft nur irgendwo Wasser«, sagte Charlotte.
»Hier hört die Treppe auf«, verkündete Jonathan, »neunundzwanzig Stufen. Und wohin kommen wir jetzt?« Er leuchtete die Umgebung mit der Taschenlampe ab. Vor ihnen lag ein Gang. Er war gerade hoch genug, dass sie aufrecht stehen konnten, und breit genug, wenn sie im Gänsemarsch gingen. Erwachsene wie Harry oder Vater hätten sich jetzt bücken müssen, dachte Jonathan. Der Gang schien endlos zu sein. Er war feucht, dunkel und kalt, und er schien immer enger zu werden. Nach einer Weile führte er empor.
»Hast du eine Ahnung, wo wir sind?«, fragte Charlotte.
»Nicht die Spur«, bekannte Jonathan, »nanu, was ist denn das?«
Im Licht der Taschenlampe hatte etwas aufgeleuchtet. Er hob es auf.
»Das ist ein Blatt, ein Lorbeerblatt«, erklärte ihm Charlotte, »das muss Alarich an dem Abend verloren haben, als wir Sardinen gespielt haben. Wir sind auf der richtigen Spur. Los, weiter, Jonathan!«
Sie bogen um eine Ecke und standen plötzlich vor hohen ummauerten Wänden.
»Hier hört der Gang auf!«, rief Jonathan enttäuscht. »Und was ist das da oben?«, fragte Charlotte und deutete hinauf in die Dunkelheit.
Etwa anderthalb Meter über ihnen war ein schweres Metallgitter in die Mauer eingelassen.

»Halt mal die Taschenlampe!«, befahl Jonathan. Er fand zwischen den Mauersteinen Halt für seine Füße, kletterte hinauf und spähte durch die Gitterstäbe. Charlotte reichte ihm die Taschenlampe hinauf.

»Das sieht wie ein Keller oder so was aus«, meldete er. Dann klemmte er die Taschenlampe zwischen die Zähne, um die Hände frei zu haben, und rüttelte am Gitter. Das gab plötzlich nach und klappte leise auf. »Nanu, das hängt in Angeln! Da geh ich jetzt durch!« Mit diesen Worten verschwand er.

Ein paar Augenblicke später erschien er wieder in der Öffnung und verkündete: »Hier geht's nur ganz kurz hinunter, hilf Peter hinauf, Charlotte, dann brauch ich ihn nur herunterzuheben.«

Kurz darauf standen sie alle nebeneinander auf dem Steinfußboden des Kellers. »Ob das wohl zu den Kellergewölben von unserem Haus gehört?«, flüsterte Charlotte und meinte damit natürlich das Haus von Großvater Hubble.

»Es könnte schon sein«, antwortete Jonathan ebenso leise, »wir sind damals ja nicht in dem anderen Keller gewesen.«

Plötzlich schnüffelte Charlotte. »Was für ein komischer Geruch!«

»Als ob Kohl kocht, nur schlimmer«, stellte Jonathan fest.

»Es kommt von da drüben«, sagte Charlotte, indem sie ihrer Nase folgte. Auf der anderen Seite des Kellers hing etwas Schwarzes in dichten Falten von der Wand. Sie betastete es mit der Hand: Es war ein Vorhang.

»Hör doch!«

Bubbel – bubbel – bubbel! Charlotte fummelte an dem Vorhang herum und zog ihn schließlich ein wenig zur Seite. Durch den Spalt schimmerte ein schwaches Licht. Sie drängten sich aneinander und spähten durch die Ritze. Der Raum auf der anderen Seite war dampfgeschwängert. Durch die weißen Wolken konnten sie zwei schattenhafte Figuren erkennen, Alarich und Sarah. Alarich stellte gerade etwas auf den Steinfußboden, einen großen schwarzen Kessel. Dann sagte er: »Das ist für heute Nacht genug. Wir lassen es jetzt abkühlen und kommen morgen Früh zurück. Mach das Feuer aus, Sarah! Ich räume unterdessen auf.«
Charlotte ließ den Vorhang fallen, als ob er glühend heiß

wäre. Sie zerrte Jonathan am Ärmel fort, und sie huschten durch den Keller davon und stolperten so schnell wie möglich durch den unterirdischen Gang wieder nach oben. Erst als der Kerker hinter ihnen lag und als sie den versunkenen Rasen überquerten, machte Charlotte den Mund auf. »Weißt du noch, Jonathan, wie wir früher immer Blätter und so was im Garten gesammelt haben, und wie wir das dann in einem alten Topf auf dem Herd gekocht haben?«

Ja, Jonathan konnte sich noch gut daran erinnern. Er lächelte. »Das tun wahrscheinlich die meisten Kinder«, sagte er, »Mami hat das Zeugs immer weggeschüttet, wenn wir es gerade gar gekocht hatten. Es könnte giftig sein, hat sie immer gesagt. Das wäre auch durchaus möglich gewesen, bei dem Zeug, das wir uns da zusammengebraut haben. Wie haben wir doch immer dazu gesagt?« Er dachte nach. »Gebräu oder so ähnlich. Nein, nicht Gebräu – ein Gebubbel! Das war es! Ich hab immer gesagt: Wir kochen uns ein Gebubbel.«

»Ja«, unterbrach ihn Charlotte, »und genau dasselbe machen Alarich und Sarah auch. Sie kochen ein Gebubbel. Nur mit dem Unterschied, dass sie ihres nicht wegschütten. Nein, nein, sie haben was im Sinn damit. Und was sie im Sinn haben, das werden wir schon noch herausbekommen. Ich möchte wirklich wissen, was sie für Zutaten genommen haben. Es muss irgendein besonderes Gebubbel sein. Vielleicht ein ...«

»... Hubble-Gebubbel!«, rief Jonathan schlagfertig.

Charlottes braune Augen leuchteten. »Ein Hubble-

Gebubbel!«, wiederholte sie mit einem Auflachen. »Das ist ein prima Name, alter Junge! Aber pass mal auf«, sie wurde wieder ernst, »morgen dürfen wir die beiden nicht aus den Augen lassen. Sonst kriegen wir nie heraus, wozu sie ihr Gebubbel brauchen.«

Im Schlafzimmer fragte Peter: »Jetzt geh ich das zweite Mal ins Bett. Muss ich mir noch mal die Zähne putzen, Charlotte?«

Seine Schwester lächelte. »Nein, natürlich nicht. Aber jetzt hopp ins Bett und gleich geschlafen!« Peter konnte jedoch nicht gleich einschlafen. Er war zu aufgeregt. Er dachte immer noch über das Gebubbel nach. Wenn ich morgen Früh aufwache, nahm er sich vor, dann mach ich mir auch eins.

Ein Paar braune Schuhe

»Warum kommst du denn in Pantoffeln zum Frühstück, Sarah?«, erkundigte sich Tante Carry, die in diesen Dingen sehr genau war.

»Ich – das hab ich gar nicht gemerkt.«

»Na gut, dann lauf schnell wieder rauf und zieh dir richtige Schuhe an.«

Charlotte bemerkte, dass Alarich seiner Schwester einen Blick zuwarf, als sie an ihm vorüberlief.

Als Sarah zurückkam, hatte sie alte und ziemlich verstaubte schwarze Schuhe an. Tante Carry musterte sie stirnrunzelnd. »Warum hast du denn nicht deine neuen Schnürschuhe angezogen?«, erkundigte sie sich. »Du hast sie doch gestern angehabt.« Als Sarah stumm blieb, fragte sie noch einmal: »Oder?«

Es klopfte an der Tür, und die Ankunft des Briefträgers befreite Sarah von der Antwort. Ein Brief für Charlotte war dabei. Jonathan und Peter liefen um den Tisch, um ihrer Schwester beim Lesen über die Schulter zu schauen. Charlotte riss den Brief sofort auf und las ihn laut vor: »Mutter lässt euch alle grüßen. Dr. Fisher sagt, dass ihr die Behandlung gut bekommt.«

»Das sind aber gute Nachrichten«, sagte Tante Carry strahlend. »Hol mir doch mal meine Brille, Jonathan, sie liegt da drüben auf der Kommode.« Jonathan gehorchte, und als er zum Tisch zurückkam, stellte er fest, dass zwei Stühle leer waren. Alarich und Sarah hatten sich heimlich davongemacht, während sie alle in den Brief vertieft gewesen waren. Er trat Charlotte unter dem Tisch auf den Fuß und zeigte mit dem Daumen auf die leeren Stühle. Charlotte runzelte die Stirn und überflog nur den Rest des Briefes. Dann drückte sie ihn Tante Carry in die Hand.

»Vielen Dank, mein Herzchen«, sagte ihre Tante, »was für eine hübsche Handschrift euer Vater immer hat ...« Sie schaute auf und merkte, dass sie allein war. Alle Kinder waren verschwunden.

Jonathan konnte am schnellsten von den dreien laufen und blieb in der Bogentür stehen, um Luft zu schöpfen.

»Sie müssen wie verrückt gerannt sein«, sagte er keuchend.

»Wenn sie schon im Turm sind, dann haben sie ihn sicher schon hinter sich abgeschlossen«, stöhnte Charlotte, »das haben sie vorige Nacht nur nicht getan, weil sie nicht mit uns gerechnet haben.«

»Da drüben sind sie!« Jonathan deutete hinüber. Dort schritten Alarich und Sarah langsam auf dem Pfad oberhalb des versunkenen Rasens hin und her. Sie hatten die Köpfe dicht zusammengesteckt und waren ganz offensichtlich tief ins Gespräch versunken. »Sie schmieden Pläne!«, rief Charlotte. »Bleibt dicht unter den Bäumen! Pscht!« Sie schlichen auf den Zehenspitzen zu den Geschwistern hinüber, aber Peter trat natürlich auf einen

Zweig, der mit einem lauten Krachen zerbrach. Alarich fuhr sofort herum und sah sie mit roten Köpfen dastehen. Er kam ihnen mit den Händen in den Hosentaschen entgegengeschlendert. »Aha«, sagte er kühl, »ihr macht also auch einen kleinen Spaziergang.«

Hinter Alarich tauchte Sarah auf. Ihre Augen funkelten vor Wut. »Heimtücker!«, schrie sie. »Müsst ihr denn immer hinter uns herkriechen und uns belauschen und bespitzeln? Ich bin es leid ...«

»Sarah!«, fiel ihr Alarich ins Wort. »Das ist kein Grund, sich gehenzulassen. Und ich glaube auch nicht, dass sie uns nachspionieren. Warum sollten sie das tun? Es sei denn, sie sind der Ansicht, dass wir irgendetwas verstecken. Glaubst du das, Charlotte?«

Jetzt hätte Charlotte sagen müssen: Ja, wir wissen genau, dass ihr irgendetwas vor uns verbergt. Wir sind euch in der vorigen Nacht nachgegangen. Wir kennen den Geheimgang. Das Spiel ist aus, Alarich. Aber aus irgendeinem Grund konnte sie dies nicht sagen. Sie murmelte nur etwas Unverständliches.

»Und wie steht's mit dir, Jonathan?«, fragte Alarich.

Jonathan starrte Alarich ausdruckslos an. Wenn er jetzt Ja sagte, dann wüsste Alarich, dass er aufpassen müsse, und sie würden wahrscheinlich keinem weiteren Geheimnis mehr auf die Spur kommen. Aber er konnte nicht Nein sagen, weil das nicht stimmte. Doch sagen musste er etwas, und er dachte verzweifelt nach. »Ja«, sagte er schließlich, »ich habe den Verdacht, dass ihr etwas vor uns verbergt. Da ist doch auf dem Boden diese zugesperrte Tür ...«

Alarich lachte. Er sah erleichtert aus. »Eine verschlossene Tür? Na, so was! Weißt du etwas davon, Sarah? Oder ist das wieder einer deiner Streiche? Dann solltest du sie lieber schnell mit ins Haus nehmen und ihnen den Boden zeigen, damit sich der gute alte Jonathan wieder beruhigen kann. Ich warte hier unten, wenn es euch nichts ausmacht.«

Er ist zu gerissen für uns, dachte Charlotte verzweifelt. Jetzt kann er gemütlich in den Turm gehen und die Tür verschließen und sein Gebubbel dazu verwenden, wozu er's gemacht hat, und wir müssen hinter Sarah hertraben und in den Boden glotzen.

»Na, kommt ihr nun mit oder nicht?«, fragte Sarah ungeduldig. Sie folgten ihr schweigend ins Haus und zum dritten Stock hinauf. In dem Flur wäre Jonathan fast über einen Eimer voll Wasser und den Schrubber gestolpert, die Mrs. Clant hatte stehen lassen.

»Hier geht's zum Boden hinauf!«, verkündete Sarah spöttisch und hüpfte die Leiter hinauf. Als sie alle oben waren, deutete sie verachtungsvoll auf die Tür, die verschlossen gewesen war. »Na los, mal sehen, was ihr entdeckt.«

Jonathan drückte die Klinke nieder, und die Tür öffnete sich. Alle drei gingen hinein. Wie Sarah gesagt hatte, bot sich ihnen nur ein Bodenraum, der genauso wie der andere aussah. Außer einer Untertasse und einem großen leeren Karton war der Raum leer.

»Zufrieden?«, fragte Sarah vom anderen Estrich aus. Dann knallte die Tür zu, und ein Schlüssel drehte sich im Schloss. Sie waren wieder gefangen.

»Mach die Tür auf! Lass uns heraus!« Jonathan warf sich wütend dagegen. Aber die einzige Antwort war ein spöttisches Gelächter von Sarah, die die Leiter wieder hinunterkletterte.

»Ein Glück, dass uns Mrs. Clant hat rufen hören«, sagte Charlotte eine halbe Stunde später, »sonst hätten wir stundenlang da oben sitzen können.«
»Ja, wir haben wirklich Glück gehabt, dass sie oben noch was zu tun hatte«, stimmte Jonathan zu, »na warte, wenn ich Sarah erwische!«
Sie hatten den Turm erreicht und probierten gerade, ob die Tür abgeschlossen war oder nicht. Da hörten sie drinnen ein Pochen und Klopfen.
»Sie setzen die Steine wieder ein«, flüsterte Jonathan, »schnell, hinter die Büsche!«
Kurz darauf ging die Tür auf, und Alarich und Sarah kamen heraus. Alarich verschloss die Tür wieder, steckte den Schlüssel in die Tasche, und dann liefen die Geschwister die Treppe hinunter. »Sie denken sicher, dass wir noch auf dem Boden sind«, sagte Charlotte, »los, wir verfolgen sie, aber wir müssen wahnsinnig vorsichtig sein. Noch mal sollen sie uns nicht fangen!«
Sie warteten noch ein oder zwei Minuten, und dann machten sie sich an die Verfolgung. Aber Alarich und Sarah schienen wie vom Erdboden verschwunden zu sein.
»Lass uns noch einmal in den Garten schauen«, schlug Jonathan vor.
Sie gingen durch den Küchengarten, wo Peter einen

riesengroßen Kürbis bewunderte, und bahnten sich ihren Weg durch Unkraut und dichtes Gras in den Obstgarten. Plötzlich blieb Jonathan stehen und packte Charlottes Arm. Er deutete in die Luft. Charlotte schaute empor und japste dann verblüfft. Neben den Ästen der krummen alten Bäume, die sich unter der Last der grünen Kochäpfel beugten, konnten sie deutlich zwei blanke und braune Gegenstände erkennen. Ein Paar Schuhe, Sarahs Schuhe, mit ordentlich gebundenen Schnürsenkeln. Das einzig Sonderbare an ihnen war, dass sie mitten durch die Luft spazierten.

Die Kinder standen wie erstarrt. Die Schuhe liefen immer weiter, einer wurde ganz selbstverständlich und sicher immer wieder neben den anderen gestellt, und unter ihnen dehnten sich ungefähr zwei Meter leere Luft. Dann entzogen sie sich ihren Blicken. Jonathan brach das Schweigen. »Was um Himmels willen ...«

»Das war Sarah«, sagte Charlotte mit bebender Stimme, »das muss ein ganz neuer Streich sein.«

»Aber sie sind ja richtig gegangen – ich meine, sie haben nicht herumgebaumelt. Es sah genauso aus, als ob Füße drinsteckten.« Jonathan lachte unsicher. »Aber das ist natürlich Unsinn, oder?«

Charlotte begann, sich Vorwürfe zu machen: »Ich hätte der Sache gleich nachgehen sollen. Ich hätte zu den Schuhen hinüberlaufen und sie anfassen sollen. Stattdessen ...« Ein Schrei aus dem Küchengarten unterbrach sie. Sie wurde blass. Das konnte nur ein Hilfeschrei sein.

»Charlotte! Jonathan! Schnell!«

»Das ist Peter – wenn Sarah ihn erschreckt hat ...«

Sie rannten dahin, von wo der Schrei gekommen war. Peter war nicht zu sehen.

»Hier bin ich«, sagte eine schwache Stimme. Peter hockte hinter der Himbeerhecke. Ihm schien nichts zugestoßen zu sein, und er sah auch nicht erschrocken aus. »Ich hab einen Wollbär gefunden«, sagte er entzückt und streckte ihnen seinen Arm entgegen. Eine dicke, fette und sehr haarige Raupe kroch seinen grauen Wolljackenärmel hinauf. Charlotte wurde vor Erleichterung ganz schwach zumute, und sie sank neben ihm auf den Gartenpfad nieder.

»Hast du uns deshalb gerufen?«, fragte Jonathan ärgerlich. »Nur wegen deines Wollbären?«

»'türlich. Er ist so schön. Ich will ihn immer behalten. Ich tu ihn in eine Streichholzschachtel.«

Charlotte begann, sich wieder zu erholen. »Hast du vielleicht Sarah gesehen?«, fragte sie vorsichtig. Peter war nur widerwillig dazu bereit, über etwas anderes als über seinen Liebling zu sprechen. »Ja, ich hab sie gesehen. Sie ist da drüben bei dem Wald entlanggegangen.« Er deutete zum Obstgarten hinüber. Die vielen großen Bäume erschienen ihm offenbar wie ein ganzer Wald. »Sie hat Pflaumen gegessen. Die großen roten, von denen Gowdy sagt: nicht pflücken!«

»Hat sie dich gesehen?«

»Glaub ich nicht.« Peter hatte jetzt von diesem Thema genug. Er setzte sich den Wollbären auf die Brust und schaute zu, wie er zu seiner Schulter empormarschierte.

»Hat Sarah – hat Sarah ihre Schuhe angehabt?«, fragte Charlotte.
Peter schaute erstaunt zu Charlotte empor. »'türlich.«
»Was für eine Farbe haben sie denn gehabt?«
»Braun«, antwortete Peter, »genau wie meine.«
Zum Frühstück war sie in schwarzen Schuhen erschienen, daran erinnerte sich Charlotte ganz genau. Dann musste sie jetzt also die verschwundenen braunen anhaben.
»Oooh!« Peter untersuchte seinen Wollbären jetzt noch genauer. »Was für einen komischen Mund der hat. Der geht gar nicht wie meiner auf, Charlotte. Der geht nach der Seite, wie eine Schere.« Er versuchte, das Maul der Raupe nachzumachen und schnitt dabei alle möglichen Grimassen. Dann setzte er ohne viel Gemütsbewegung hinzu: »Sarah ist geflogen, als ich sie gesehen habe.«
»Hmhm«, sagte Charlotte ganz in Gedanken, »was hast du da gesagt, Peter?«
»Sie ist herumgeflogen.« Diesmal war Charlotte ganz wach und aufmerksam. »Was meinst du damit?«, fragte sie verwirrt.
»Er hat sich was ausgedacht«, warf Jonathan unsicher ein.
Peter schaute sie mit seinen blauen Augen verständnislos an. »Ich hab sie doch gesehen«, wiederholte er hartnäckig.
»Aber warum hast du das denn nicht gleich gesagt?«
Peter wurde unruhig. Lauter blöde Fragen, dachte er. Merkten sie denn nicht, dass er mit seinem Wollbären spielen wollte?
»Ich hab nicht gewusst, dass ihr das wichtig findet«, sagte

er, »ich kann auch fliegen. Zu Hause in meinem Garten, da fliege ich.«
»Alles Einbildung«, flüsterte Jonathan Charlotte zu.
»Dann mach's uns doch jetzt mal vor«, sagte er, um Peter in die Enge zu treiben.
»Ich fliege nur, wenn ich allein bin.«
Jonathan zwinkerte Charlotte zu. Es war offensichtlich, dass man Peter nicht ernst nehmen konnte, dachte er. »Na, dann lass uns mal sehen, ob das Mittagessen fertig ist. Mir knurrt schon der Magen. Komm mit, Peter, ich nehm dich auch huckepack.«
Alarich und Sarah erschienen nicht beim Essen. »Es tut mir so leid, meine Herzchen«, seufzte Tante Carry, »ich habe so gehofft, dass sie sich ein wenig zusammennehmen würden. Aber jetzt fangen sie wieder damit an, dass sie sich in Luft auflösen, wenn man sie braucht.«
»Mach dir keine Sorgen, Tante Carry«, beruhigte sie Charlotte, »wir genießen unsere Ferien auch so.«
»Na, dann ist es ja gut«, sagte Tante Carry zufrieden, »wenn sie sich nicht dazu herablassen, pünktlich zum Essen zu kommen, dann müsst ihr eben die Zitronentorte allein aufessen.«

Die Katze ist aus dem Sack

»Hoffentlich hast du genug mitgebracht, ich sterbe fast vor Hunger«, sagte Alarich, »und viel vom Frühstück haben wir heute auch nicht erwischt, wie?«

»Hier sind die beiden Pasteten, die ich gestern gekauft habe«, Sarah wickelte ein Päckchen nach dem anderen aus, »und drei Würstchen, die ich vom Frühstück aufgehoben habe. Das Brot und den Käse habe ich mir aus der Speisekammer geliehen, und diese Tüte da ist voll von Pflaumen. Ach ja, hier ist noch eine halbe Tafel Schokolade, mit Pfefferminzgeschmack.«

»Gute Arbeit«, sagte Alarich und lächelte, »die Pflaumen hast du dir wohl auch vom alten Gowdy ausgeliehen? Das hier habe ich mitgebracht: eine Flasche Sprudel. Wir müssen abwechselnd aus der Flasche trinken.«

»Es macht viel mehr Spaß, hier unten zu essen als mit diesen dummen Kindern.« Sarah biss kräftig in ihre Pastete.

»Na, so schlimm sind sie gar nicht«, protestierte Alarich, »wie hast du's eigentlich geschafft, dass wir sie für den ganzen Vormittag los sind?«

»Ach, das war leicht«, prahlte Sarah, »ich hab sie einfach auf dem Boden eingeschlossen.«

Alarich, der gerade in seine Pastete beißen wollte, hielt mitten in der Bewegung inne. »Was hast du getan?«
»Ich hab sie auf dem Boden eingeschlossen. Was ist denn dabei?«
Alarich sprang auf. »Du liebe Zeit! Die Armen können doch verhungern!« Er schaute Sarah plötzlich genauso streng an wie der Großvater. Dann kletterte er über die hohe Mauer und rief ihr nur noch zu: »Bin gleich wieder da. Iss bitte nicht alles auf, du kleines Biest!«
Sarah aß gelassen ihre Pastete auf. Dann merkte sie, dass die Schnürsenkel von ihren neuen braunen Schuhen aufgegangen waren, wohl während sie über die Mauer geklettert war; und weil sie daran dachte, was ihr Alarich über gut zugebundene Schuhe gesagt hatte, band sie die Schleife sorgfältig noch einmal neu. Als sie damit fertig war, hatte sie einen aufregenden Einfall.
Sie schaute sich nach allen Seiten um, um sich zu vergewissern, dass sie allein war, dann stopfte sie sich ein paar Pflaumen in die Taschen ihres altmodischen Rockes, stellte sich auf die Füße und stieß sich so vom Erdboden ab, wie sie es heute Früh schon geübt hatte. Drei oder vier unsichere Schritte in die Höhe, und dann – o Freude –, dann glitt sie, für einen Anfänger überraschend geschmeidig, frei durch die Luft, wobei ihr Kopf ungefähr in der Höhe der Wallmauer schwebte. Sie flog.
Sarahs Herz schlug schneller. Alles in allem gehörte nur Übung dazu, dachte sie. Höher? Warum nicht! Sie stieß sich wieder etwas nach oben. Wisch! Ihr Kopf schoss durch die Lindenzweige, die über die Mauer hingen, wie

der Kopf eines Schwimmers die Brandung teilt. Höher und höher ging es. Sie sog die Luft in tiefen Zügen ein. Wenn Alarich sie jetzt nur sehen könnte! Alarich? Was hatte er ihr heute Morgen noch eingeschärft? »Was du auch tust – vergiss die Formel nicht!« Und jetzt hatte sie doch den Spruch für das Abwärtsfliegen vergessen! Einen Augenblick lang wurde sie von Panik ergriffen, doch dann fielen ihr die Worte zu ihrer grenzenlosen Erleichterung wieder ein.

Höher und höher: Die ordentlichen grünen Samtdreiecke und -vierecke des Domrasens wurden immer kleiner. Sarah starrte angestrengt nach oben, weil sie sich nicht traute, hinabzuschauen. Doch dann nahm sie ihren ganzen Mut zusammen und tat es doch. Sie sah lauter Reihen von niedlichen Puppenhäusern mit Giebeldächern, sie sah blühende Gärten von der Größe eines Taschentuchs, der Bischofsgang hatte sich in ein Seidenband verwandelt, und diese aufgespannten grünen Regenschirmchen mussten die alten Linden sein. Schwirrr – eine erschrockene Taube stob dicht neben ihr auf, und Sarah stieg immer noch höher. Die schwarzen Haare wehten ihr über die Augen, und ihr Kleid bauschte sich auf. Sie fuhr mit der Hand an die Ohren. Was war das für ein komisches Gefühl: Als ob ihr jemand Wattepfropfen hineingesteckt hätte. Sie fühlte sich leicht und ein wenig schwindelig. Als sie emporschaute, bekam sie einen Schreck, denn plötzlich ragte direkt vor ihr die graue mächtige Turmspitze des Domes auf. Zwischen den schmalen Fensterschlitzen spielten die Sonnenstrahlen mit düsteren Schatten Verstecken, und Sarah konnte genau die Wendeltreppe erkennen, die in der Mitte des schlanken Turmes nach oben führte. Jetzt fuhr die große güldene Metallkugel direkt unterhalb der Wetterfahne an ihr vorbei, die größer als der größte Kürbis in Gowdys Garten war. Der Pfeil der Wetterfahne wies nach Süden. Sarah gab ihm einen Tritt, so dass er nach Norden schwang. Sie lachte vor Vergnügen. Dabei schoss ihr ein Gedanke durch den Kopf: Dies war kein Experiment mehr. Es hatte nichts mehr mit Naturwissenschaft zu tun. Nein, Alarich hatte das durcheinandergebracht. Warum war sie nicht eher daraufgekommen? Sie hatte doch schon so oft davon gelesen: Dies hier war Zauberei – nichts anderes als wirkliche, echte Zauberei.

Sie setzte sich rittlings auf den goldenen Metallball, auf dem einer gerade bequem Platz fand. Mit der einen Hand hielt sie sich am Stiel der Wetterfahne fest, und mit der anderen fischte sie sich eine Pflaume aus ihrer Kleidertasche. Alles erschien ihr jetzt im neuen Licht. Nach so vielen Enttäuschungen und Rückschlägen hatte es endlich geklappt. Sie hatte gewusst, dass sie eines Tages zaubern können würde. Sie hatte ihr ganzes Leben lang darauf gewartet. Es war herrlich, so wie jetzt um den Turm herumzuschweben, hinauf zu den Wolken greifen zu können und den Pflaumenkern dem alten Elisha Trinket direkt auf die rosige Glatze zu werfen, während er dort unten das gemähte Gras auf den Schubkarren lud. Ja – das war Zauberei, kein Mensch konnte das leugnen. Aber jetzt musste sie wieder umdrehen. Sie sagte den Zauberspruch laut und deutlich auf, und dann begann sie sofort zu sinken. Sie sank langsam und sacht wie eine Blütenflocke im Wind. Unten im Grabengarten wartete Alarich schon auf sie.

»Du hättest auf mich warten sollen – wie war's denn?«

»Es war – es war ...«, stammelte Sarah. Sie konnte keine Worte finden. Plötzlich ließ sie sich auf das Moos fallen. »Mir ist übel.«

»Das ist kein Wunder«, stellte Alarich fest, »wenn man so schnell so hoch hinaufschießt – hier, trink einen Schluck. Das hilft.«

Damit reichte er ihr die Sprudelflasche. »Übrigens«, fuhr er fort, »ich habe vorhin Miss Trinket gesehen. Sie starrte zum Turm hinauf, als ob sie einen Geist sähe. Ich habe den unangenehmen Eindruck, als ob du das gewesen bist. Du musst wirklich ein bisschen vorsichtiger werden. Ich mag nicht einmal daran denken, was passieren könnte, wenn sie merkt, was los ist.«

Unterdessen waren die Zwillinge und Peter mit dem Mittagessen fertig. »Jetzt suchen wir Alarich und Sarah«, verkündete Charlotte.

»Ich komm nicht mit«, sagte Peter überraschenderweise.

»Warum denn nicht?«

»Ich will spielen.«

Er zwinkerte, während ihn Charlotte forschend betrachtete, und wenn sie es nicht so eilig gehabt hätte, dann wäre sie vermutlich misstrauisch geworden. So sagte sie nur: »Na gut, aber bleib bei Tante Carry. Wir sind auch gleich wieder da.«

Peter lief in die Küche, wo Tante Carry das Geschirr spülte.

»Hallo, Peter, haben sie dich allein gelassen?«

Peters Blick wanderte über die blitzblanken Kupfertöpfe, die nebeneinander auf einem Regal standen. »Ich will bitte einen Topf haben«, sagte er.

»Einen Topf, mein Schätzchen? Wofür denn?«

»Um was reinzutun«, antwortete Peter kurz. Tante Carry meinte, sie wüsste genau, was er wollte. Als Harry ein kleiner Junge war, da hatte er immer Eicheln und Bucheckern gesammelt und in einen alten Topf getan. So ging sie also in die Speisekammer und wühlte dort herum. »Hier haben wir einen Topf«, sagte sie schließlich zufrieden, »er ist schon etwas alt, aber er hat noch keine Löcher.«

»Danke schön«, antwortete Peter.

»Wohin gehst du denn jetzt, mein Schätzchen?«

Peter hatte es viel zu eilig, um noch antworten zu können. Er wusste, wo die Regentonne stand: Hinter dem

Haus unter Sarahs Schlafzimmerfenster. Es gelang ihm unter viel Mühe, den Deckel zur Seite zu stoßen, und er kippte fast in die Tonne, als er seinen Topf voll Regenwasser schöpfte. Es war braungrün, und ein paar Fliegenlarven schwammen darin herum. Er trug es so vorsichtig wie möglich über den Hof, aber dort rannten sofort die Hennen zusammen, weil sie, dumm wie sie waren, meinten, ihr Futter sei in dem Topf. Deshalb marschierte Peter in einen der Schuppen und stellte den Topf auf den Boden. Als Nächstes trabte Peter in den Garten und begann, alles Mögliche zu sammeln: Ein Lorbeerblatt, das so blank und glatt wie Glas war, ein Zweiglein Thymian, einen Farnwedel, ein leeres Schneckenhaus, die Feder von einer Krähe. Der blühende Mohn in Sarahs Garten stach ihm ins Auge, und er riss ein paar von den purpurnen Blüten ab. Er rannte emsig hin und her und warf seine Beutestücke in den Topf. Dann kauerte er sich daneben auf den Boden und schaute sich ein oder zwei Minuten lang nachdenklich an, was alles im trüben Wasser herumschwamm. Schließlich lief er in die Küche zurück. »Ich möchte bitte einen Löffel haben.« Während ihn Tante Carry holte, stellte sich Peter auf die Zehenspitzen und stibitzte etwas aus dem zweiten Regal des Küchenschrankes. Das war eine Schachtel Streichhölzer.

Nachdem Charlotte und Jonathan eine Zeit lang gesucht hatten, entdeckten sie die beiden Hubbles im Baumgarten. Sarah lag in der Hängematte und schien zu schlafen, während sich Alarich gegen den Stamm des Apfelbaumes gelehnt hatte und in einem dünnen, braun eingebundenen Buch las. »Warte«, flüsterte Jonathan. Er schlich geduckt zur Hängematte hinüber, sprang dann plötzlich auf und kippte sie um. Sarah schrie und plumpste ins Gras. Alarich stand auf und steckte schnell das Buch in die Brusttasche seiner Jacke. Sarah rappelte sich kochend vor Wut wieder auf. »Du Ekel!«, kreischte sie mit blitzenden Augen.

»Das ist die Rache dafür, dass du uns auf dem Boden eingeschlossen hast – he! Lass mich leben!« Jonathan hielt sich die tobende Sarah vom Leibe, und Alarich schaute gelassen zu.

»Das hast du verdient, Sarah«, bemerkte er und wandte sich dann an Jonathan: »Ich wollte euch herauslassen, aber da war die Tür schon wieder offen.« Charlotte sagte kühl: »Mrs. Clant hat uns hinausgelassen. Wir hatten danach ein sehr gemütliches Mittagessen, und wir brauchen uns nicht bei dir zu bedanken, Alarich.«

Alarich machte ein beleidigtes Gesicht, und Sarah schrie: »Ich hab das getan, Alarich hat überhaupt nichts davon gewusst.«

Alarich warf einen Blick auf seine Uhr. »Hört mal«, begann er besänftigend, »es ist jetzt drei Uhr. Wie wär's, wenn wir jetzt einen Sprung in die Stadt machten, und ich lade euch zu einem Eis und einer Brause ein?«

»Prima, klasse Idee!«, erwiderte Jonathan sofort und ohne daran zu denken, dass der Vorschlag von einem seiner Feinde kam.

»Dann müssen wir aber zuerst Peter suchen«, sagte

Charlotte. Als sie über den Hof zum Haus hinübergingen, bemerkte Alarich einen dünnen Rauchfaden, der aus der angelehnten Tür eines Schuppens stieg. Er blieb stehen und runzelte die Stirn. »Nanu, da scheint's zu brennen.«
Sie stürzten alle auf die Tür zu und schauten hinein. Dort kauerte Peter auf dem Steinfußboden und hatte sich aus dürren Lindenzweigen ein kleines Feuer entfacht. Er hielt einen verbeulten Stieltopf darüber und rührte den Inhalt emsig mit einem Löffel um.
»Was machst du denn da?«, stotterte Charlotte, obgleich sie es genau wusste.
Peter schaute auf. »Hallo, Charlotte. Ich koche ein Gebubbel«, verkündete er stolz, dann deutete er mit dem Löffel auf Alarich. »Genau wie der unten im Keller.«
In das tiefe Schweigen hinein sagte Alarich langsam: »Mir scheint, die Katze ist aus dem Sack!«

Alarichs Geschichte

Am nächsten Nachmittag versammelten sie sich alle auf dem Boden, und Alarich verschloss die Tür. »Ich glaube ja nicht, dass jemand heraufkommt«, erklärte er, »in diesem Haus schlafen die Erwachsenen immer am Sonntag nach dem Essen, aber man kann nie wissen.« Dann holte er seine Brille aus der Tasche, setzte sie sich auf die Nase, räusperte sich und musterte die Versammlung. »Dies ist ein bedeutender Augenblick«, begann er ernsthaft, »denn unter den gegebenen Umständen halte ich es für das Beste, wenn wir zur Wahrung unseres Geheimnisses und im Sinne der wissenschaftlichen Fortschritte einen Klub gründen.« Er machte eine Pause, um Luft zu schöpfen. Dann wandte er sich direkt an Charlotte und Jonathan. »Wenn ihr ihm beitreten wollt, dann muss ich euch alles erzählen, das heißt das, was ihr noch nicht selbst entdeckt habt. Aber zuerst der Name des Klubs. Hat jemand Vorschläge?«

»Der Klub der fünf«, schlug Jonathan vor, »wir sind nämlich fünf.«

»Hm – oder wie wär's mit ›Naturwissenschaftliche Gesellschaft e.V.‹?«, sagte Charlotte, die eine Vorliebe für pompöse Namen hatte.

»Ich finde«, sagte Sarah langsam, »wir sollten einfach Zauberklub sagen.«
»Zauber?« Alarich und Charlotte starrten Sarah an, als ob sie den Verstand verloren hätte.
»Was hat das denn um Himmels willen mit Zauberei zu tun?«, erkundigte sich Alarich ärgerlich. »Ich muss mich wirklich sehr über dich wundern, Sarah. Zauberei – so was! Du hast wohl zu viele Märchen gelesen!«
»Ja, aber merkst du denn nicht ...«, begann Sarah. Dann klappte sie den Mund wieder zu, denn sie begriff plötzlich, dass die anderen es eben wirklich niemals merken würden.
»Ich weiß!«, rief Jonathan aus. »Wir nennen uns Forscher-Klub. Das stimmt in jedem Fall.«
»Das ist keine schlechte Idee«, fand Alarich. »Forscher-Klub. Wem das gefällt, der erhebe die rechte Hand.«
Der Name gefiel allen.
»Gut, dann steht auf, hebt eure rechte Hand wieder hoch und sprecht mir nach: ›Ich gelobe, ein getreues Mitglied des Forscher-Klubs zu werden und seine Geheimnisse zu wahren.‹«
Alle sprachen den Satz nach, aber Sarah sagte: »Peter hat nichts gelobt.« Peter war ganz in den Anblick einer dicken Spinne versunken, die in einer Ecke des Bodens ihr Netz spann. Er hatte zwar wie die anderen die Hand hochgehoben und war auch aufgestanden, aber er hatte überhaupt nicht zugehört.
»Er würde ja doch nicht verstehen, was das bedeutet«, sagte Charlotte.

Alarich warf Peter einen nachdenklichen Blick zu. »Das glaub ich allerdings auch.« Dann zog er einen Koffer neben sich, setzte sich und holte tief Atem. »Also«, begann er, »jetzt, wo wir alle in einem Klub sind, kann ich euch ja die ganze Geschichte erzählen. Ich will es kurz machen. Ich habe mich immer ganz besonders für die Naturwissenschaften interessiert. Als ich acht war, hab ich mein ganzes Geld gespart und mir dafür einen Chemiekasten gekauft. Natürlich heimlich, denn Großvater hätte es mir doch nur verboten. Na, ich war auf jeden Fall bald mit allen Experimenten durch. Ich hab sie meist hier oben auf dem Boden gemacht. Dann hab ich wieder angefangen, Geld zu sparen, und als ich zehn war, habe ich mir einen noch größeren Kasten mit mehr Experimenten gekauft. Aber für diese Experimente brauchte ich einen Brenner. Ein Bunsenbrenner kam sowieso nicht in Frage, und deshalb hab ich genau wie die alten Alchimisten gearbeitet. Manchmal hab ich heimlich im alten Waschhaus den Kessel angeheizt, und manchmal hab ich eine Öllampe unter meinen Dreifuß gestellt. Aber dann hatte ich auch diese Experimente durch, und da fing ich an, mir selber Experimente auszudenken.«
»Einmal war Bowley ausgegangen«, unterbrach ihn Sarah, »und da ist er in die Küche gegangen und hat dort etwas zusammengemischt. Ich hab heimlich zugeschaut.«
»Ja, das war Ruß und Soda und Essig«, fuhr Alarich fort, »das hab ich in eine Flasche getan, zugestöpselt und geschüttelt. Dann ...« Alarich machte mit den Lippen das Plop des Korkens nach, wenn er aus dem Flaschenhals

flutscht – »dann explodierte die ganze Geschichte, und alles war auf der Küchentapete. Bowley hatte die Küche gerade frisch tapeziert gehabt. Ich hab das meiste mit einem feuchten Tuch wieder runtergekriegt, aber dafür hatte die Tapete auch kein Muster mehr.«

Alle lachten, und dann wurde Alarich wieder ernst. »Jetzt komme ich zu dem wichtigen Teil meiner Geschichte.« Die Kinder beugten sich vor, um kein Wort zu verlieren. Selbst Peter passte auf. »Zu meinem letzten Geburtstag schenkte mir Großvater ein neues Fahrrad, und von Bowley und Harry bekam ich insgesamt drei Pfund. Das war ausgesprochen günstig, denn wenn Großvater auch bei Geschenken eigentlich immer recht großzügig ist, so vergisst er das Taschengeld einfach, nicht wahr, Sarah? Und dann sind wir eben immer schrecklich knapp bei Kasse. Na, das war gerade an einem Freitag, und auf dem Heimweg von der Schule radelte ich quer über den Marktplatz. Ich wollte mir eigentlich ein Chemiebuch kaufen, nicht so eins, wie wir's in der Schule haben, das ist ja nur Kinderkram. Ich wollte irgendetwas Fortgeschritteneres. In der Domstraße ist ein Buchladen, wo es auch antiquarische Bücher gibt, doch da hatte ich nichts gefunden. Aber auf dem Markt ist auch immer ein Buchstand, und ich dachte, vielleicht hab ich da Glück. Ich wühlte also in den Büchern; die meisten waren jedoch einfach nur alte Schmöker. Plötzlich sagte der Händler: ›Sag mir nur, was du suchst, mein Sohn, dann will ich schon das richtige Buch für dich herausholen.‹ Ich schaute erstaunt auf. Es war ein kleiner Mann, dünn und mit einem braunen, verwitterten Gesicht und großen spitzen Ohren. Aber mir fielen vor allem seine Augen auf. Ob ihr's glaubt oder nicht, sein eines Auge war hellblau und das andere dunkelbraun.«

»Den haben wir aber nicht in dem Buchstand auf dem Markt gesehen«, warf Jonathan ein.

»Ich auch nicht mehr, obwohl ich ihn immer wieder gesucht habe. ›Für was interessierst du dich denn?‹, fragte er. ›Chemie‹, sagte ich. ›Aha!‹, sagte er. ›Da wollen wir mal sehen.‹ Er wühlte mit seinen kleinen Händen in den Büchern herum, und dann ließ er sich auf die Knie nieder und tauchte mit einem Buch in der Hand wieder auf. Es war ein altes Buch, das konnte ich genau erkennen. Es hatte – ach, das zeig ich euch nachher. ›Was steht denn drin?‹, fragte ich den Mann. ›Rezepte‹, antwortete er und grinste. Er konnte ganz komisch grinsen, ungefähr so –« Alarich steckte die Zeigefinger in die Mundwinkel und zog den Mund ganz breit auseinander. »Er grinste fast bis zu den Ohren. Ich blätterte unterdessen in dem Buch herum, und dann kapierte ich, was das war. Lauter Experimente, und zwar wirkliche Experimente, die irgendjemand ausprobiert und vor Jahren und Jahren niedergeschrieben hatte. Ihr könnt euch vorstellen, wie aufgeregt ich war. ›Was kostet das?‹, fragte ich. ›Für dich fünf Shilling‹, sagte der Mann. Ich zahlte, steckte das Buch in meinen Ranzen und radelte fort. Und er blieb vor seinem Stand stehen und grinste von einem Ohr zum anderen.«

»Wo ist das Buch denn?«, erkundigte sich Charlotte.

»In meinem Laboratorium. Ihr habt uns vorige Nacht bis dorthin verfolgt, stimmt's? Aber davon erzähle ich euch auch noch später. Ich hab dann, wie gesagt, das Buch mit nach Hause genommen und immer ein bisschen darin gelesen. Ich musste vor allem diese komische Handschrift entziffern. Aber ihr wisst ja, wie das in der Schulzeit ist. Da hat man immer Hausarbeiten auf und Prüfungen und was weiß ich noch. Wir konnten erst in den Ferien richtig mit den Experimenten beginnen.«

»Und dann seid ihr aufgetaucht«, sagte Sarah unverhohlen, »mitten im besten …«

»Ach, das spielt ja jetzt keine Rolle mehr«, unterbrach Alarich sie hastig.

»Aber was ist denn mit dem unterirdischen Gang?«, begann Jonathan.

»Und mit dem Gebubbel?«, fragte Charlotte. Sie platzten alle beide vor Fragen. Aber da begann die Domglocke zu läuten, und Alarich konnte nur in das Gedröhn hineinrufen: »Wir müssen uns für die Abendandacht fertig machen. Das nächste Klub-Treffen ist morgen Früh um zehn.«

Das Laboratorium

Der Montag zog heiß und stickig herauf. »Der Klub ist vollständig versammelt«, stellte Alarich fest, »wir bleiben aber nicht hier oben, wir gehen woandershin. Ich muss euch nur zuerst noch mal daran erinnern, dass ihr absolutes Schweigen gelobt habt.«

Die Kinder nickten ernst, und Alarich führte sie hinunter und in den Garten hinaus.

»Uih, ist das heiß!« Charlotte strich sich eine feuchte Locke aus der Stirn.

Kein Windhauch regte sich. Selbst das Rotkehlchen und die geschwätzigen Spatzen waren verstummt. Die Hitze gloste über dem vergilbten Gras, und der aromatische Duft von weißem Phlox und purpurroten Nelken lag schwer in der Luft und mischte sich mit dem bitteren Rauchgeruch von Gowdys Unkrautfeuer im Küchengarten.

»Wohin wir gehen, da ist es kühl«, bemerkte Alarich, während er die Turmtür aufschloss. »Hilf mir mal, die Steine hier herauszunehmen, Jonathan. Sarah und ich haben diesen Gang vorige Ostern entdeckt. Es regnete damals ununterbrochen, und weil wir nicht draußen spielen konnten, hockten wir auf der Steinbank und schwatzten. Ich schlug mit meinen Hacken immer gegen diese Seitenwand, und dann fühlte ich plötzlich, dass die Ziegelsteine locker waren. Weißt du noch, Sarah? Ich untersuchte die Mauer gleich und stellte fest, dass die anderen Steine auch lose waren. Als der Regen etwas nachgelassen hatte, liefen wir zum Haus zurück und holten uns einen Hammer und ein Stemmeisen und bekamen die Steine auch tatsächlich heraus. Wir kriegten richtig einen Schreck, als wir die Treppe entdeckten, das kann ich euch sagen. So, das war der Letzte. Jetzt gib mir die Taschenlampe, Sarah, ich geh zuerst.«

Sie kletterten nacheinander durch das Loch und tasteten sich vorsichtig in die Dunkelheit hinein.

»Ich habe einen Plan davon gezeichnet, er hängt auch in meinem Laboratorium«, sagte Alarich.

»Wann hast du denn beschlossen, dir da unten eins einzurichten?«, wollte Charlotte wissen.

»Ach, gleich nachdem wir es entdeckt haben. Ein geheimer Arbeitsplatz – daran hab ich natürlich als Erstes gedacht. Ich hab mir gleich eine neue Ausrüstung gekauft, mit dem Rest von meinem Geburtstagsgeld, aber jetzt müssen wir ganz leise sein. Nicht sprechen, nur flüstern. Denkt bitte dran.«

Sie hatten das Eisengitter erreicht. Gleich darauf standen sie alle miteinander auf dem Steinfußboden des anderen Kellerraumes.

»Ist es nicht ein bisschen gefährlich?«, flüsterte Charlotte. »Ich meine, hier unten ein Laboratorium zu haben. Schließlich müssen Tante Carry und Harry auch ziemlich oft hier herunterkommen.«

Alarich kicherte unterdrückt. »Ich weiß, was du glaubst. Aber du hast dich geirrt. Dies ist nämlich gar nicht unser Keller.«
»Ja, aber wessen ...«, fragte Charlotte erstaunt und riss die Augen auf.
»Nach meinem Plan hat sich Folgendes herausgestellt: Wenn wir dort drüben die Ziegelsteine herausbrechen würden, dann wären wir in unserem Keller.«
»Das heißt also, dass dies ...«
»Ja, dies ist der Keller von Miss Trinket.«
»Da schlag einer lang hin!«, rief Jonathan.
»Scht!« Alarich wies mit dem Daumen zur niedrigen Decke.
»Sie benutzt ihren Keller nie«, erklärte Sarah.
»Ach ja, ich weiß, sie hat gesagt, dass sie ihre Falltür immer verriegelt lässt. Na gut, aber was macht ihr, wenn es ihr eines Tages doch einfällt, ihren Kopf hier unten hereinzustecken?«
»Das tut sie schon nicht«, antwortete Alarich zuversichtlich.
»Miss Trinket hat nämlich Angst vor Einbrechern und Geistern und Spinnen, deshalb kommt sie nie«, setzte Sarah listig hinzu.
»Sie würde einen Schreikrampf kriegen, wenn sie's wüsste«, sagte Jonathan.
»Fünfzig Schreikrämpfe«, setzte Sarah genussvoll hinzu.
»Aber jetzt versteht ihr sicher, warum es so wichtig ist, dass alles geheim bleibt«, sagte Alarich.
Charlotte runzelte die Stirn. »Ich weiß nicht – ich meine,

dies ist doch schließlich und alles in allem das Haus von Miss Trinket. Und ein geheimes Laboratorium im Keller von fremden Leuten! Was ist, wenn was schiefgeht? Wenn zum Beispiel was explodiert?«

»Ach, komm, Charlotte, reg dich nicht auf!«, protestierte Alarich. »Ich experimentiere doch nicht mit Sprengstoffen! Und ich hab auch nicht die geringste Absicht, die alte Dame auf andere Weise in die Luft zu jagen.«

»Und woher weißt du so genau, dass es Miss Trinkets Keller ist?«

»Na, ehe ich meinen Plan gezeichnet habe, habe ich einen Zettel mit einem großen X drauf durch das Gitter neben Miss Trinkets Hintertür in den Kohlenkeller geworfen. Und als ich das nächste Mal durch den unterirdischen Gang hierhergekommen bin, da lag der Zettel auf dem Kellerboden.«

»Das ist ein ausreichender Beweis«, meinte Charlotte.

Alarich zog den schweren schwarzen Vorhang beiseite, der den Eingang zum zweiten Keller verbarg. »Wir haben hier unten Petroleumlampen. Und es wäre wegen Latchum nicht gut, wenn man nachts das Licht durch den Kohlenrost schimmern sehen könnte.«

Sie traten ein, und nachdem Alarich zwei kleine Petroleumlampen angezündet hatte, schauten sie sich erstaunt um. Eine alte Werkbank diente als Arbeitstisch und war mit Geräten aller Art vollgeräumt. Zuhinterst standen Gestelle mit Reagenzgläsern, Retorten und Bechergläsern, davor Flaschen und Schmelztiegel und Schalen, in denen man Flüssigkeiten verdampfen lassen konnte. Es fehlte nichts zu einem richtigen Laboratorium. Auf einem Mauervorsprung hinter dem Arbeitstisch waren Flaschen und Gläser aufgereiht, die blau und weiß, gelb und purpurn schimmerten und mit pulverisierten Stoffen, Flüssigkeiten und Kristallen gefüllt waren. Auf einem Regal standen Bücher und Landkarten. Grafische Darstellungen und Diagramme waren mit Klebstreifen an die Wand geheftet. Alarich fuhr über die Tischfläche. »Ich habe Glück gehabt. Die Trinkets haben bei ihrem Einzug hier unten alles mögliche Gerümpel abgestellt gehabt. So bin ich zu diesem Tisch gekommen und zu den Rohrstühlen. Stoßt aber bitte nicht an den Tisch, der Boden ist hier ziemlich uneben.«

»Im Winter ist es aber sicher ganz schön kalt hier unten«, bemerkte Jonathan.

»Daran hab ich auch gedacht. Ich brauche ja auch Wärme oder Feuer für meine Experimente. Deshalb hab ich mir die alte Kohlenpfanne da drüben heruntergeholt. Ich hab sie in einem unserer Schuppen gefunden. Und ein bisschen Kohle oder Holz mit herunterzubringen, das macht ja keine große Mühe.«

Charlotte studierte unterdessen eine Karte an der Wand. »Ist dies der Plan von dem unterirdischen Gang?«, erkundigte sie sich.

»Ja, hier ist mein Laboratorium, das ist mit einem großen L gekennzeichnet, und hier sind die Keller von unserem Haus.«

»Ja, natürlich!«, rief Charlotte plötzlich aus. »Das ist die Lösung!«

»Was für eine Lösung?«
»Vom Problem deines Großvaters. Wie die Königstreuen im Bürgerkrieg ungesehen aus dem Hause fliehen konnten.«
»Ich hab's ja gewusst, dass ihr früher oder später draufkommen würdet«, sagte Alarich, »aber ihr mutet mir doch hoffentlich nicht zu, dass ich es ihm verrate?«
»Ein Jammer, dass du es nicht tun kannst«, seufzte Charlotte. »Was würde ihn das freuen! Er hat doch gesagt, dass ihm nur das noch zur Vollendung seines Buches fehlt.«
»Und mir fehlt es nur zur Vollendung von Sarahs und meinem Strafgericht«, unterbrach sie Alarich leidenschaftlich.
»Hat er denn wirklich etwas dagegen, dass du Naturwissenschaftler werden willst?«
Ein Schatten huschte über Alarichs Gesicht. »Dagegen haben? Er verbietet es mir. ›Es schickt sich nicht für einen meiner Enkel ...‹ und so weiter. Das sagt er natürlich wegen der Atombombe. Aber er kann nicht einsehen, dass wir der Wissenschaft auch gute Dinge verdanken. Dabei braucht man nur an Pasteur zu denken oder an Sir Alexander Fleming oder an Madame Curie – was wären wir denn ohne sie? Aber Großvater sind alle modernen Dinge verhasst. Elektrisches Licht, Telefon, Fernsehapparate, das wird alles in einen Topf geworfen. Es ist wirklich ein Wunder, dass er damals Adelaide gekauft hat. Eigentlich müsste er noch mit einer Kutsche fahren! Er mag nur alte Sachen: Alte Kirchen, alte Häuser, alte Möbel, alte Bücher – je älter, desto besser.«

»Ich mag neue Sachen lieber«, warf Peter plötzlich ein. Er hatte Alarich die ganze Zeit versunken zugehört. »Kriegt ihr denn zu Weihnachten auch nur alte Sachen geschenkt?«
Alarich musste lachen und begann dann auch wieder, ruhig zu werden. Er war niemals lange niedergeschlagen. Er sprang auf, nahm ein kleines Buch vom Regal und drückte es Charlotte in die Hände.
»Ist das das Buch, das du auf dem Markt gekauft hast?«, fragte sie, während sie neugierig den rissigen braunen Ledereinband betrachtete.
»Das ist es«, antwortete Alarich.
Charlotte schlug es auf, und die anderen drängten sich neben sie und schauten ihr über die Schulter. »Was für komische krakelige Buchstaben«, sagte sie, »schwer zu entziffern.«
»Diese ersten Experimente hab ich alle schon gemacht. Sie waren ziemlich leicht«, sagte Alarich bescheiden. »Durch das erste bin ich in eine schwarze Katze verwandelt worden, und das zweite machte Sarah imstande, bis zur Domspitze hinaufzufliegen.«
Das Buch fiel Charlotte aus den Händen. Sie starrte Alarich fassungslos an. »Das ist nicht dein Ernst!«
Aber Alarichs blaue Augen hatten sie niemals aufrichtiger und ernster angesehen. »Du wirst es schon sehen«, antwortete er und hob das Buch wieder auf.
Da begriff Charlotte plötzlich, dass sich nur auf diese Weise all die verwirrenden Einzelheiten und Erlebnisse zu einem überzeugenden Bild zusammensetzten. Ein fantastisches

Bild: Der sonderbare Wortwechsel zwischen Sarah und Satan ... Sarahs neue Schuhe auf der Wanderschaft durch die Luft des Obstgartens. Sie beugte sich vor und schaute Alarich in wachsender Erregung an. Eine Frage nach der anderen schoss ihr durch den Kopf. Aber zuerst schlug sie das Buch wieder auf und las die Beschreibung des zweiten Experiments.

»Kamille, Blatt für Blatt«, entzifferte sie mühsam. Sie schaute auf. »Ist meine gepresste Kamille deswegen verschwunden?«

»Es tut mir leid, Sarah konnte keine finden.«

»Und ist dies das Experiment, das du an Sarah schon ausprobiert hast? Das mit der Schwerkraft? ›Was hinaufsteigt, muss auch fallen?‹«

»Zeig's ihnen, Sarah!«, befahl Alarich. Sarah beugte die Knie und stieß sich ab. Sie erhob sich zwei oder drei Fuß über den Kellerboden und blickte etwas albern grinsend zu ihnen hinab.

»Das ist unglaublich«, keuchte Charlotte.

»Das ist ein wissenschaftlicher Beweis«, bemerkte Alarich. »Jetzt kannst du wieder runterkommen, Sarah.« Sarah murmelte einige Worte, die den Kindern spanisch vorkamen, und sank wieder langsam nieder.

»Es sind nur ihre Schuhe«, erklärte Alarich, »sie musste sie in der Flüssigkeit einweichen, die Peter das Gebubbel genannt hat.«

»Dürfen wir auch mal versuchen?«, fragte Jonathan eifrig.

»Ich habe nur genug für einen gekocht. Es hat eine Ewigkeit gedauert, bis wir alles zusammenhatten. Sarah und ich verstehen nämlich nicht sehr viel von Pflanzen und so was. Als ich gemerkt habe, wie viel du davon verstehst, Charlotte, da hab ich gleich gedacht, wie schön es wäre, wenn du mitmachen könntest.«

»Aber du hast uns nicht vertraut«, bemerkte Charlotte.

»Kannst du das denn nicht verstehen? Wir mussten doch vorsichtig sein! Aber jetzt, wo wir alle im Forscher-Klub sind, kannst du uns unbeschränkt helfen. Wir können gleich anfangen und alles für – lass mich mal nachsehen« – Alarich blätterte ein paar Seiten weiter –, »ja, für das Experiment Nummer 4 zusammensuchen.«

»Aber ihr habt ja Nummer 3 übersprungen!«, rief Charlotte, die ihm über die Schulter geschaut hatte.

»Ach das – das find ich nicht so spannend. Das wäre mehr etwas für Großpapa. In die Vergangenheit zurückwandern! Ich hab davon schon genug um mich herum. Aber jetzt schau dir mal das 4. Experiment an. Das lohnt sich wirklich!«

»Was soll denn das?« Charlotte blätterte weiter. »Das sind ja zehn volle Seiten!«

»Da siehst du's mal! Das hätten Sarah und ich niemals allein geschafft. Aber lies es dir nur erst durch.«

Charlotte begann vorzulesen:

»Nimm vom Ampfer einen Stiel
und vom Frauenschuh recht viel,
siede damit Seifenkraut,
Nachtschatten und Vogelraut'.«

»Na, die können wir relativ leicht beschaffen.«
»Du vielleicht«, sagte Alarich und lächelte.
»Na ja, alle blühen im Moment auch nicht. Aber wir haben ja zur Not mein Herbarium. Aber hör dir nur das Nächste an!«

»Tanacetum, Spergularia,
Menyanthes, Matricaria,
Polygonum, Tussilago,
Artemisia, Solidago.«

»Puh!«, machte Charlotte und holte tief Luft.
»Was heißt denn das?«, rief Jonathan. »Das klingt wie eine fremde Sprache.«
»Ist es auch«, antwortete Charlotte. »Das ist Latein. Das sind einfach die lateinischen Bezeichnungen für die Pflanzen. Solidago, das ist Goldraute. Ich glaube, ich habe eine Staude neben dem Turm gesehen. Und mit meinem Buch über diese Wildpflanzen kriegen wir das andere auch noch heraus.«
»Na, was hab ich dir gesagt? Auf diese Weise ...« Alarich nahm Charlotte das Buch aus der Hand, stand auf, setzte sich die Brille auf und blinzelte wie ein kurzsichtiger alter Mann. Dann zitierte er mit hoher, zitternder Stimme:

»Prunus avium et spinosa,
Malus pumila et Rosa,
Taxus, Betula et Fagus,
Quercus et Juniperus ...«

Er deutete mit einem zitternden Zeigefinger auf Jonathan und fragte ihn mit brechender Stimme: »He, Junge! Was heißt das, he?«
»Keine Ahnung, Sir!«, antwortete Jonathan wie aus der Pistole geschossen. Die Kinder lachten.
»Um was für ein Experiment handelt es sich eigentlich?«, erkundigte sich Charlotte.

»Ah ...« Alarichs blaue Augen leuchteten so wie die von Großvater Hubble auf, wenn er über die Vergangenheit zu sprechen begann.

»Alle unsere bisherigen Experimente sind nur ein Kinderspiel gegen dieses. Ich kann euch nur sagen ...«

Sie hingen atemlos an seinen Lippen, aber da begannen die Domglocken zu dröhnen, Alarich warf einen Blick auf seine Uhr und wurde sofort wieder sachlich.

»Jetzt nichts mehr. Wir müssen zum Mittagessen laufen. Ich habe in diesem Heft notiert, wie lange sich der Forscher-Klub diesmal getroffen hat. Es wäre gut, wenn du das das nächste Mal tun würdest, Charlotte, weil ich ja der Präsident und nicht der Schriftführer bin. Wir können unsere Versammlungen immer hier unten abhalten.«

Er klebte den Zettel aus dem Notizblock mit einem Klebestreifen an der Wand fest und sagte: »Ich geh lieber zuerst. Bitte, jetzt ganz leise!«

Das Pfeiferfeld

Alarich schloss die Turmtür ab und steckte den Schlüssel in die Tasche.

»Ein Blitz!«, rief Jonathan. »Hast du's gesehen, Alarich?«

Der Himmel im Osten war dunkelgrau, und der Donner grollte und krachte. Die Kinder fingen an zu laufen. »Seht mal!«, rief Sarah triumphierend, stieß sich ab und glitt rasch über dem versunkenen Rasen in die Luft.

»Angeberin!«, rief Jonathan neidisch.

»Ich mag keine Donnerwetter!«, jammerte Peter atemlos und klammerte sich an Charlottes Rock, während er neben ihr hertrabte.

»Jetzt fängt es auch noch an, zu gießen!«, rief Alarich.

Große Tropfen knallten auf den Kiesweg. Ein frischer Geruch von Erde stieg aus dem Gras auf.

Tante Carry stand in der Haustür und schaute ihnen schon ängstlich entgegen. »Schönes Ferienwetter! Das muss man wirklich sagen. Ich hab euch das Essen im Ofen warm gehalten.«

Etwas später starrte Jonathan aus dem Fenster.

»Schaut euch diese Wolken an! Wie Türme. Nein, wie Bergesgipfel. Man muss wahrscheinlich Gelb und Grau mischen. Ich würde eigentlich gerne ...«

»Jonathan!«, sagte Tante Carry schon zum zweiten Mal geduldig. »Dein Fisch wird kalt.«

»Noch ein Blitz!«, rief Sarah. »Eins, zwei, drei ...« Da krachte der Donner, dass das Besteck klirrte. »Drei Meilen entfernt!«

»Und heute ist Volksfest im Park«, sagte Tante Carry, »die armen Leute werden ertrinken!«

Peter schaute erschrocken auf. »Ertrinken wir auch?«

»Aber natürlich nicht, mein Herzchen. Das sagt man nur so«, sagte Tante Carry lachend und stellte die Himbeertorte auf den Tisch. Sie war ein Traum aus goldenem, mürbem Teig, kühlen, saftigen Himbeeren und einer Krone aus Schlagsahne.

»Das musst du anschauen, Jonathan«, sagte Alarich und deutete mit der Gabel auf die Torte, »das lohnt sich, abzumalen. Falls was übrig bleibt ...«

Nach dem Essen lief Sarah nach oben. Sie holte ihr blaues Heft heraus, auf das sie »Lürik« geschrieben hatte. Dann setzte sie sich auf die Fensterbank, kaute am Bleistift herum und schrieb schließlich:

Der Sturm

Die Blitze blitzen,
der Donner rollt.
Die Tropfen spritzen,
die Sonne grollt.
Doch dann kommt sie raus,
der Sturm fährt nach Haus.

Sie stopfte das Heft wieder unter die Winterwollsocken in die Kommodensehublade und kramte stattdessen eine große Blechdose heraus, die sie einmal mit Bonbons gefüllt von Großvater Hubble zum Geburtstag geschenkt bekommen hatte. Jetzt enthielt die Dose verschiedene Pflanzen und Blüten. Sie breitete sie auf dem Bett aus und zählte sie: Bis jetzt waren fünfzehn beisammen. Sie hakte sie auf ihrer Liste ab und stellte fest, dass sie noch zehn suchen musste.

Am Spätnachmittag beschlossen die Kinder, noch einen Spaziergang zu machen. Das Gewitter polterte in der Ferne, aber der Regen hatte schon wieder aufgehört.
»Lasst uns doch zum Pfeiferfeld gehen«, schlug Sarah vor.
Sie verließen den Domplatz und wandten sich nach rechts. Aus dem Park dröhnte die Jahrmarktsmusik herüber, und die Fähnchen und Girlanden, die über die Straße gespannt waren, hingen jetzt wie nasse Wäsche an der Strippe. Die Kinder schlugen einen schmalen Pfad zwischen den Hecken ein. Tropfnasses Gras und Brennnesseln wucherten an beiden Seiten, und riesige Schachtelhalme ragten wie grüne Angelruten daraus hervor. Von Zeit zu Zeit blieb Charlotte stehen und ergänzte ihre Pflanzensammlung. Sie stellte fest, dass Sarah auch Blumen pflückte, und nahm an, dass sie für Alarichs nächstes Experiment bestimmt waren. Jonathan riss einen langen Grashalm aus und kitzelte Sarah damit im Nacken. Sie schimpfte und lachte, und Peter schloss sich sofort der Neckerei an,

während Charlotte und Alarich zusammen vorausgingen.
»Es ist wirklich erstaunlich, dass ihn noch keiner entdeckt hat«, sagte Charlotte, »schließlich ist das Eisengitter doch schon immer in Miss Trinkets Keller gewesen. Jeder hätte es sehen können. Allerdings: Die meisten Erwachsenen merken gar nicht, was sie sehen.«
»Ich weiß, und wahrscheinlich hat Miss Trinket die Gittertür auch aufgemacht, als sie hier eingezogen ist, und sie hat vielleicht auch den Gang gesehen. Sie hat einfach nicht wissen wollen, wohin er führt.«
»Ich weiß nicht, ob du da recht hast«, sagte Charlotte nachdenklich, »sie registriert eigentlich alles. Denk doch an den kleinen weißen Fleck unter Satans Kinn. Sie hat Adleraugen, und wenn sie so vor sich hin schnattert, dann guckt sie ununterbrochen nach allen Seiten, ob sie etwas Neues erwischen kann. Ich habe das Gefühl, dass sie viel mehr von dem weiß, was im Keller vorgeht, als wir ahnen.« Charlotte nickte zur Bestätigung weise mit dem Kopf.
Da hatten sie das Ende des Pfades erreicht, die drei anderen holten sie ein, und sie kletterten gemeinsam über einen Zaun.
»Kühe«, sagte Charlotte, »ach, die kümmern sich doch nicht um uns.«
»Da drüben fließt ein Bach durch das Feld«, erklärte Sarah, »er hat ein ganz glattes und sandiges Bett. Schön zum Waten.«
»Ich will waten!«, rief Peter sofort.
»Ein andermal«, erwiderte Charlotte mit einem Blick auf den Himmel, der sich wieder zu verdunkeln begann.

Neben dem Bach wuchsen Weiden und Weißdornbüsche, Heckenrosen und Schlehen. Das Gras war kurz und dicht, und dichte Büschel von Unkraut zeigten an, wo es sumpfig war. Hier wuchsen Kuckuckslichtnelken und Knabenkraut und Sumpfdotterblumen. Ihre Blüten leuchteten fast im grauen Licht, und nach dem kurzen Regen war die Luft erfüllt vom Duft der wilden Pfefferminzen und des Wiesenthymians.

Charlotte rannte wie wild hin und her. Sie war von einem wahren Sammelrausch erfasst, während Sarah wie eine große Motte hinter ihr herflatterte, ohne mit ihren neuen braunen Schuhen den sumpfigen Boden zu berühren.

Während sie gemächlich quer über die Weide gingen, griff Jonathan nach Alarichs Arm. »Mir gefällt die schwarze Kuh da drüben nicht. Sie starrt uns die ganze Zeit an.«

»Du liebe Zeit!«, rief Alarich. »Das ist ein Bulle! Sieh doch: der Ring in der Nase.« Die anderen drehten sich erschrocken um, und der Bulle schüttelte den Kopf. »Bleibt

stehen!«, befahl Alarich. »Wenn wir zu laufen anfangen, dann greift er uns an.«
Der Bulle trottete langsam auf sie zu, schnaubte dabei und warf ihnen aus seinen kleinen Augen misstrauische Blicke zu. Da begann Sarah, geradewegs auf den Bullen zuzumarschieren. »Gleich sieht er mich! Dann rennt, was ihr könnt, zum Zaun!«, rief sie ihnen über die Schulter zu.
Alarich zögerte. Dann fielen ihm Sarahs Schuhe ein. Sie würden sie schützen. Ihr Plan war wirklich gut.
»Jippii!«, schrie Sarah dem Bullen ins Gesicht und wedelte wie verrückt mit den Armen. »Jippii!« Dabei drehte sie sich um und begann, von den Kindern fortzulaufen. Das gab dem Bullen den Rest. Wer wagte es da, ihn anzubrüllen? Noch dazu so etwas Kleines, und ohne Stock! Da musste er doch wohl für Ordnung sorgen. Er senkte seinen Kopf und setzte sich in Bewegung.
Alarich und die anderen saßen unterdessen sicher auf dem Zauntritt und schauten Sarah zu. Sie stieß sich in die Luft hoch, zog einen Bogen und glitt gerade außer Reichweite der gefährlichen Hörner quer über die Wiese zu ihnen zurück. Ein Schwung über die Hecke, und sie war sicher auf der anderen Seite gelandet.
»Prima!«, lobte Alarich, und dann umdrängten sie sie alle und klopften ihr stolz auf den Rücken.
»Es war bloß gut, dass ich diese Schuhe anhatte«, sagte Sarah. Sie war ein bisschen rot geworden, denn sie war kaum an Anerkennung oder Lob gewöhnt.
»Das hat nichts mit den Schuhen zu tun, du warst einfach mutig«, fand Charlotte.

Sarah gerät in die Klemme

Es regnete. Das Wasser gurgelte in den Regenrinnen und sprühte im hohen Bogen aus den weit aufgerissenen Mäulern der Wasserspeier des Domes. Es brachte die Regentonnen zum Überfließen, es trommelte auf die Bleidächer, es platschte auf Pflaster und Kies, es sprühte vom Laub der Lindenbäume im Bischofsgang. Das ganze Haus war von einem gespenstischen grünen Zwielicht erfüllt. Wie unter Wasser, dachte Charlotte, während sie ihre letzten Sammelstücke zum Pressen zwischen Löschblätter legte.

»Hast du Sarah irgendwo gesehen?«, fragte Alarich, der mit einer Handvoll Notizzettel durch das Zimmer ging.

»Seit dem Frühstück nicht mehr«, antwortete Charlotte, »ist sie nicht bei Peter und Jonathan? Ich hab sie zuletzt im Wohnzimmer gesehen, wo sie sich die Bilder in den alten Geschichtsbüchern angeschaut haben.«

»Ja, da sind sie immer noch, aber ohne Sarah. Ich wollte ihr nämlich dies hier geben. Das ist eine Liste von allem, was wir für Experiment 4 brauchen. Ich hab es gerade aus dem Buch abgeschrieben. Das ist vielleicht eine Arbeit!«

»Du hast sie ja nummeriert.« Charlotte nahm ihm eine der Listen ab. »Du liebe Zeit: einhundertund ...«, sie drehte

den Zettel um, »hundertundachtundfünfzig Zutaten! Das lohnt sich aber wirklich.«
»Wenn wir alle gemeinsam suchen, dann kriegen wir es schon zusammen«, sagte Alarich tröstend.
»Was ist denn das? Nummer 61: der Stachel eines alten Igels.«
Charlotte lachte. »Ach, da sind noch komischere Sachen dabei. Sieh mal hier, Nummer 98: Wie sollen wir das bloß bekommen?«
Charlotte war noch in die Liste vertieft, während Tante Carry in das Wohnzimmer kam. Sie hielt einen Zettel in der Hand und sah ganz aufgeregt aus. »Mein Vetter in Bradthorpe hat einen Schlaganfall bekommen«, verkündete sie. »Er hat mir ein Telegramm schicken lassen, ob ich gleich zu ihm kommen kann. Was soll ich bloß tun? Zuerst eure arme Mutter und dann dies!«
»Arme alte Bowley«, sagte Alarich, »so viel Pech.«
»Wann fährst du denn?«, erkundigte sich Charlotte.
»Es gibt einen Zug um Viertel nach zwölf.« Tante Carry warf einen Blick auf die Uhr. »Harry könnte sich ganz gut um den alten Herrn kümmern. Aber ihr Kinder müsstet dann für euch selbst sorgen.«
»Mach dir nur keine Sorgen«, antwortete Alarich sofort, »das schaffen wir schon.«
»Sarah und ich können zusammen kochen«, schlug Charlotte vor.
»Mrs. Clant würde jeden Tag zum Putzen kommen. Sie ist jetzt oben und macht schon gründlich sauber. Die schmutzige Wäsche hab ich auch schon zusammengepackt, und

am Donnerstag kommt der Wäschemann und holt sie ab. Ja, was wär denn noch? Ach ja, die Einkäufe. Ich hab das Gefühl, als ob die ganze Speisekammer leer ist. Hier sind drei Pfund, Charlotte. Wenn es nicht reicht, dann braucht ihr es nur Harry zu sagen. Alarich, ich schreibe dir noch die Anschrift und die Telefonnummer von meinem Vetter auf. Wenn irgendetwas passieren sollte, dann brauchst du nur in die Post zu gehen und ein R-Gespräch anmelden lassen. Ach du liebe Zeit! Glaubt ihr wirklich, dass alles gutgeht?«

»Aber ganz sicher«, antwortete Alarich.

»Ich mach dir schnell was zu essen, Tante Carry«, bot sich Charlotte an, »dann kannst du packen.«

»Ach, du bist ein Schatz! Nur eine Tasse Kaffee und ein Butterbrot – dazu hab ich gerade noch Zeit. Für euch ist noch kalter Schinken da. Ich wollte euch einen Kartoffelsalat dazu machen.«

Charlotte rannte in die Küche und setzte den großen Kessel auf. Dann strich sie ein paar Butterbrote. Jonathan und Peter kamen herein, und Charlotte erklärte ihnen, was geschehen war.

»Du hast ganz recht, wir können es uns auch allein gemütlich machen«, bemerkte Jonathan.

»Wart erst einmal ab, wenn du das essen musst, was ich euch koche«, neckte Charlotte.

Da kam Alarich in die Küche, und im gleichen Moment ertönte draußen im Hof ein lautes Fauchen und Maunzen.

»Katzen«, sagte Jonathan. »Satan scheint sich mit jemandem in der Wolle zu haben.« Er machte die Küchentür auf. Etwas Kleines und Weißes schoss herein, dem ein wütender Satan auf den Fersen war. Jonathan packte Satan beim Kragen, warf ihn wieder zur Tür hinaus und schlug diese sofort zu. Das kleine weiße Etwas huschte Alarichs Bein hinauf.

»Was soll denn das?« Er starrte in seine Blazertasche, wo sich das weiße Ding hineingeflüchtet hatte. Alle rissen die Augen auf. Aus Alarichs Jackentasche schaute mit zitternden Schnurrbarthaaren und rosigen, schreckgeweiteten Augen der Kopf von einer kleinen weißen Maus. Sie öffnete ihr winziges Maul und sagte: »Puh! Das war aber knapp. Satan ist wirklich ekelhaft.«

Sie schnappten nach Luft. Alarich begriff als Erster, was los war, und sagte scharf: »Sarah! Hast du den Verstand verloren?«

Sarah – das mussten die Kinder erst verarbeiten. Ein tiefes Schweigen breitete sich aus.

»Ich – ich – ich – das sollte nur ein Spaß sein«, verteidigte sich Sarah mit zittriger Stimme, »nur eine kleine Überraschung ...«

»Überraschung!« Alarich kochte vor Zorn. »Die Überraschung ist dir wahrhaftig gelungen. Wie kommst du dazu, in meinen Sachen herumzustöbern? Was fällt dir ein, mein Laboratorium auf den Kopf zu stellen, was bildest du dir ein? Heimlich und hinter meinem Rücken!«

Er war schneeweiß im Gesicht, und die anderen schauten ihn verlegen an. Sie hatten ihn noch nie die Beherrschung verlieren sehen.

»Es tut mir leid«, sagte Sarah beschämt.

»Es tut dir leid? Das kann ich mir denken! Du hast ja auch alles ruiniert. Wir sollten dich aus dem Klub werfen! Was soll ich denn jetzt sagen, wenn jemand nach dir fragt? Großpapa – Harry –, wie sollen wir das denn erklären?« Er brach ab und stand einen Augenblick lang tief in Gedanken versunken. »Wieso bist du eigentlich eine Maus geworden, Sarah? Warum keine Katze? Was hast du gemacht? Was war anders?« Sein wissenschaftlicher Forschungsdrang schien stärker als sein Zorn zu sein.
»Ich, ich weiß nicht«, antwortete Sarah mit bebender Stimme, »ich wollte genauso wie du eine Katze werden. Ich habe alle Zutaten gesammelt, und das war auch gar nicht schwer, weil wir es ja kurz zuvor schon einmal gemacht hatten, und weil ich noch wusste, wo alles wuchs. Aber dann, dann muss irgendetwas falschgelaufen sein. Ich weiß nicht, was, aber – ich will keine Maus sein, Alarich!«, schloss sie jämmerlich.
»Das lässt sich nun jetzt nicht mehr ändern«, erklärte Alarich streng.
»Das ist ja schrecklich, Sarah«, sagte Charlotte, »was hätte dir auf dem Weg vom Laboratorium hierher schon alles passieren können!«
»Das ist auch ein endloser Weg gewesen«, gab Sarah zu und seufzte, »es hat so doll geregnet, und es waren sicher hundert Pfützen. Alle so tief und so schwarz! Ich wäre fast ertrunken. Und das Gras überall, das war so hoch und dicht wie ein richtiger Wald. Ich hab solche Angst gehabt, als ich hindurchlief. Und dann musste ich ununterbrochen über irgendwelche Sachen rüberklettern, über

Steine und abgebrochene Äste, auch über eins von deinen Autos, Peter. Das musst du auf dem Weg verloren haben. Und dann hab ich einen Spatz getroffen, er sagte irgendetwas zu mir, was ich nicht verstanden habe, und dann hat er nach meinem Schwanz gepickt. Als ich dann glücklich beim Haus war, da ist mir Satan über den Weg gelaufen. Sein Maul – das kannst du dir nicht vorstellen, Alarich: Innen ist alles rot und voll von großen, scharfen, spitzen Zähnen. Und seine Augen – ach, grässlich! Das wird mich noch im Traum verfolgen.«

»Arme kleine Maus«, sagte Charlotte mitleidig und streichelte Sarahs kleines weißes Köpfchen mit der Fingerspitze. Aber Alarich hatte das dumpfe Gefühl, dass Sarah ihre Rolle genoss, und sagte kühl: »Soso, Satan hat dich fast erwischt, wie? Und nun denk mal weiter, Sarah. Denk an die Eulen und an die Hunde und auch an die Menschen. Wer dich sieht, der wird dich erwischen wollen. Was meinst du, was Bowley täte, wenn sie dich hier in der Küche entdeckte!«

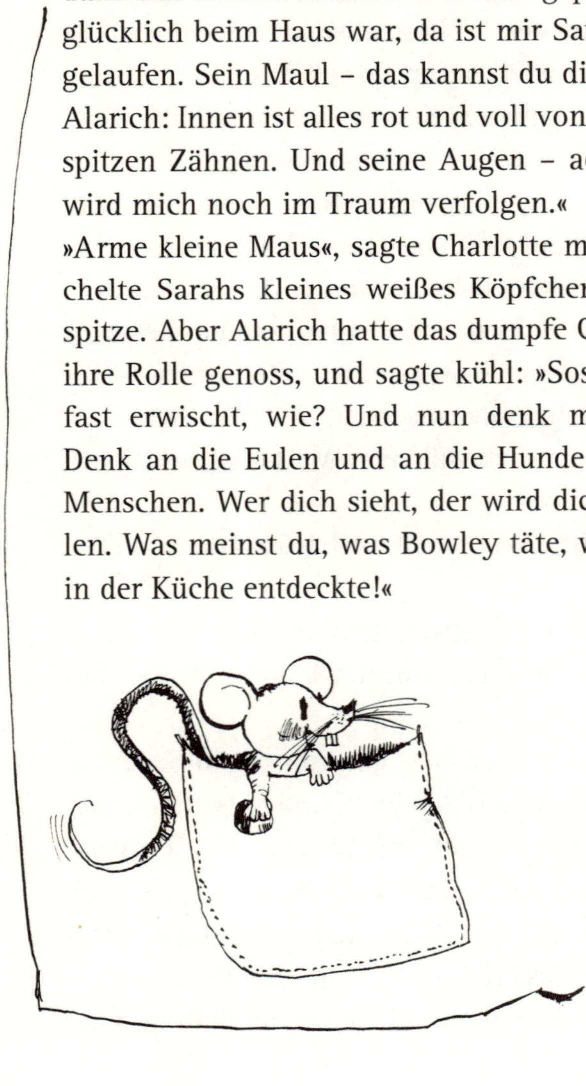

»Ach du liebe Zeit«, seufzte Sarah aus tiefstem Herzen, »daran hab ich gar nicht gedacht. Dann will ich doch lieber hier in deiner Blazertasche bleiben, Alarich.«
»Das ist ja ganz entzückend«, antwortete Alarich spöttisch, »vielleicht soll ich dir noch etwas Papier geben, damit du es mit deinen Zähnchen zerreißen und dir ein hübsches, behagliches weiches Nest in meiner Tasche machen kannst. Und wie wäre es mit einem Stückchen Apfel oder Karotte – oder was fressen Mäuse?«
»Du bist gemein, Alarich!«, piepste Sarah vorwurfsvoll.
»Das hast du dir selber eingebrockt. Vielleicht bleibst du für immer und ewig eine Maus. Wie würde dir das gefallen, he?«
Sarah stieß einen kleinen Quiekser aus.
»Ach, mach ihr doch keine Angst!«, protestierte Charlotte.
»Ihr Angst einjagen! Da muss schon ein bisschen mehr passieren, ehe Fräulein Sarah Hubble Angst empfindet.«
»Oh!« Sarah piepste entzückt. »Ich hab gerade ein paar Schokoladenkrümel hier unten in deiner Tasche entdeckt, Alarich. Hm, lecker, lecker! Und was ist dies hier? Ach, das ist nur ein Stück Bindfaden. Zu schade, dass ich das nicht auch fressen kann!«
Alarich zog die Schultern in gespielter Verzweiflung hoch und breitete die Hände aus. »Was hab ich euch gesagt? Sie ist ein hoffnungsloser Fall.«
»Wer ist ein hoffnungsloser Fall?«, erkundigte sich Tante Carry, die in die Küche zurückkam. »Die Butterbrote sehen ja verlockend aus, danke schön, mein Schatz.« Sie nippte an ihrem Kaffee. »Wo steckt denn Sarah?«

Die unvermeidliche Frage. Die Kinder schwiegen und überließen es Alarich, zu antworten. »Ach, sie ist hier irgendwo in der Nähe«, sagte er gleichgültig.

»Dann sag ihr noch einen schönen Gruß von mir, und sie soll sich gut benehmen und sich keine Dummheiten einfallen lassen.«

»Wir werden schon gut auf sie aufpassen«, versprach Alarich und schloss die Hand über Sarah. Es war ihr zuzutrauen, dass sie sich über den Taschenrand beugte und freundlich piepste: »Hallo, Bowley, hier bin ich!«

Der nächste Schreck

Als Harry vom Bahnhof zurückkam, steckte er den Kopf ins Wohnzimmer. »Ich fahre Mr. Hubble nach Minchester, wo er Bekannte besuchen will. Hinten im Auto ist noch Platz. Ihr könntet alle mitkommen. Oder wollt ihr wegen des Regens lieber zu Hause bleiben?«
»Wir bleiben lieber hier«, antwortete Alarich schnell, »das heißt, wenn die anderen ...?« Er warf Charlotte einen Blick zu, und sie nickte.
»Ach, übrigens, Charlotte«, fuhr Harry fort, »wir sind gegen sieben wieder zurück. Kannst du uns ein Abendbrot machen? Wir sind ja eine ganze Masse Leute, ihr fünf Kinder, Mr. Hubble und ich, also insgesamt sieben.«
»Ich werde das Abendbrot pünktlich fertig haben«, versprach ihm Charlotte zuversichtlich. Als sich die Tür wieder hinter ihm geschlossen hatte, sagte Alarich: »Ich hab die ganze Zeit den Daumen gehalten, damit er nicht merkt, dass du nicht da bist, Sarah. Und dann hat er auch noch gesagt: ihr fünf Kinder!«
»Aber ich bin doch da«, entgegnete Sarah beleidigt.
»Aber nicht richtig«, neckte sie Jonathan.
Als sie gerade mit dem Mittagessen fertig waren, sprang Alarich plötzlich auf und warf sein Besteck auf den Tisch.

»Du lieber Himmel, daran hab ich ja gar nicht gedacht! Das Feuer, Sarah – hast du es ausgelöscht, und was ist mit der Kerkertür? Wahrscheinlich steht sie sperrangelweit auf, und jeder kann hineinmarschieren. Hoffentlich kommen wir noch rechtzeitig hin!«
Er rannte in den strömenden Regen hinaus.
»Zuerst Regenmäntel an!«, befahl Charlotte schnell, als Jonathan und Peter ihm nachlaufen wollten. Sie nahm auch Alarichs Regenmantel vom Haken, und dann rannten sie durch den Garten. Sie holten Alarich erst beim versunkenen Rasen ein. Charlotte warf ihm den Regenmantel über die Schultern, und dann sprangen sie die Treppe zum Kerker hinauf, wobei sie immer zwei Stufen auf einmal nahmen. Die Tür stand offen. Der Regen wehte herein, und die Backsteine aus dem Eingang zum Geheimgang waren ganz feucht.
»Entschuldigung, Alarich«, quiekte Sarah, »ich hab gar nicht dran gedacht ...«
»Jeder hätte hineingehen können«, keuchte Alarich, »buchstäblich jeder. Hoffentlich hat es keiner getan.«
Der unterirdische Gang schien diesmal kein Ende zu nehmen. Niemand hatte an eine Taschenlampe gedacht, und Alarich musste an den schwierigsten Stellen ein Streichholz anzünden, denn glücklicherweise hatte er eine Schachtel Streichhölzer in der Blazertasche stecken gehabt. Schließlich hatten sie müde und zerschrammt die Keller erreicht. Alarich riss den Vorhang beiseite, stürmte blindlings ins Laboratorium und blieb wie angenagelt stehen.
»Da seid ihr ja, meine Lieben!«, flötete eine bekannte

Stimme. Und auf Alarichs Hocker saß Miss Trinket. Sie hielt das Zauberbuch aufgeschlagen in den Händen und lächelte ihnen selbstgefällig entgegen. Die Kinder starrten sie fassungslos an.

»Da scheine ich euch ja einen schönen Schrecken eingejagt zu haben«, fuhr Miss Trinket zufrieden fort. Sie gab ihrem Hut einen Stoß – diesmal war es ein weichrandiger weißer Sonnenhut, der mit zwei rosa Rosenranken geschmückt war – und beäugte die Kinder mit zusammengekniffenen Augen. »Ich muss bekennen, dass ich der Versuchung nicht widerstehen konnte, einen klitzekleinen Blick in dieses Buch zu werfen.« Sie erhob sich und begann überall herumzukramen. Sie nahm Alarichs Flaschen vom Regal und untersuchte sie neugierig. »Und was ist dieses hier?« Sie hob den Kessel hoch, in dem Sarah ihr Gebubbel gekocht hatte, und als ihr der Geruch vom letzten Rest der zähen grünen Flüssigkeit in die Nase stieg, rümpfte sie diese verächtlich. »Was für ein abscheulicher Geruch!«

Alarich konnte sich nicht länger beherrschen. »Stellen Sie um des Himmels willen den Kessel wieder hin, Miss Trinket«, flehte er verzweifelt, »es ist – es ist gefährlich.«

»Gefährlich!« Miss Trinket warf Alarich einen empörten Blick zu. »Das hoffe ich aber nicht. Ich möchte mir nicht vorstellen müssen, dass ihr hier unten in meinem Keller gefährliche Dinge getrieben habt, meine Lieben ... in meinem Keller!«, wiederholte sie mit Nachdruck, wobei sie die Lippen fest zusammenkniff und so heftig mit dem Kopf nickte, dass die verschossenen Rosen auf und nieder flogen.

»Wie ... wie sind Sie denn hier hereingekommen, Miss Trinket?«, fragte Alarich schwach.

Miss Trinket zog die Augenbrauen hoch. »Wie ich hier hereingekommen bin? Wie jeder rechtmäßige Hausbesitzer in seinen Keller kommt, natürlich! Ich bin meine eigenen Kellerstufen hinuntergegangen. Ganz gewiss nicht durch diesen – diesen Geheimgang, den ihr benutzt.«

»Geheimgang!«, stammelte Alarich.

»Und warum hätte ich das schließlich auch tun sollen? Das ist der Weg für meine ungebetenen Gäste. Eigentlich sollte ich euch ja tüchtig ausschimpfen. Was ist das für eine Unachtsamkeit, das Feuer brennen zu lassen! Aber ich kann's euch ja jetzt ruhig sagen: Ich habe das Feuer immer ausgemacht.«

»Immer!«, wiederholte Alarich verzweifelt.

»Oh ja, ich bin jedes Mal hier heruntergekommen und habe nach dem Rechten gesehen, wenn ihr weggegangen seid. Sicher ist sicher. Vorsicht ist die Mutter der Porzellankiste, meine Lieben. Schließlich ist das ja mein Haus, das hätte abbrennen können.«

Alarich ließ den Kopf hängen und setzte sich in einen der Korbsessel. »Wie lange haben Sie denn schon Bescheid gewusst?«, fragte er niedergeschlagen.

»Ach, seitdem ihr hier unten angefangen habt«, antwortete Miss Trinket leichthin. »Eigentlich seit dem Tag, an dem ich aus meinem Schlafzimmerfenster hinausgeschaut und dich gesehen habe, Alarich, wie du ein Stück Papier durch meinen Kellerrost hast fallen lassen. Hallo, hab ich da zu mir selbst gesagt, Master Hubble hat nichts Gutes im Sinn. Deshalb bin ich hier hinuntergelaufen und habe mir das Stück Papier angeschaut. Es war ein Kreuz darauf gemalt. Dann hab ich selber mit ein paar kleinen Untersuchungen begonnen, und ich muss gestehen, dass sie sehr interessant gewesen sind.«

Keinem Kind fiel eine Antwort ein. Schließlich sagte Alarich langsam: »Das kann ich nicht verstehen, Miss Trinket. Sie haben eben gesagt, dass Sie die ganze Zeit Bescheid gewusst haben, und trotzdem haben Sie mich weitermachen lassen. Warum haben Sie denn nicht gleich Großvater etwas davon gesagt?«

»Aha ...« Miss Trinket setzte sich wieder auf den Hocker

und lächelte listig, »jetzt kommen wir zu dem springenden Punkt, mein liebster Alarich! Ich habe eurem Großvater kein Sterbenswörtchen gesagt, nicht wahr?«
»Ich verstehe nicht, was Sie damit meinen«, antwortete Alarich kurz.
Miss Trinket hob wieder das alte Buch auf und blätterte es lässig durch, während sie in ganz normalem Ton sagte: »Welches Experiment hast du an Sarah ausprobiert – dasjenige, bei dem sie bis zur Kirchturmspitze fliegen kann?«
Alarich zuckte zusammen. »Sie haben sie also doch gesehen«, murmelte er, »das hatte ich befürchtet.«
»Selbstverständlich hab ich sie gesehen. Mir entgeht nichts, das weißt du ganz gut.« Miss Trinket stemmte die Ellbogen auf die Arbeitsbank, legte das Kinn auf die Fäuste und starrte Alarich an. Ihre grünen Augen waren plötzlich ganz sanft und träumerisch. »Das hab ich mir immer gewünscht, aus ganzem Herzen gewünscht – fliegen zu können«, murmelte sie, »das ist schon immer mein Traum gewesen.«
Alarich starrte sie entsetzt an.
»Und wenn ich mir nun vorstelle, mein Lieber, dass eines Tages ...«, sie legte Alarich die Hand auf den Arm, »dass eines Tages alle meine Träume wahr werden!«
Alarich zog seinen Arm fort. »Aber Miss Trinket, Sie – das können Sie nicht. Das würde – ich meine, es können doch nicht einfach alle Leute – ja, sehen Sie das denn nicht ein? Es würde doch nur alles verderben.«
Miss Trinkets träumerischer Blick verschwand sofort. »Papperlapapp!«, entgegnete sie scharf. »Ich glaube, ich hab es

mir wohl verdient, dass ich zumindest an einem eurer kleinen Experimente teilnehme. Schließlich und endlich hast du ja meinen Keller umsonst benutzt, vier ganze Monate lang, stimmt's?«

»Das habe ich«, gab Alarich niedergeschlagen zu.

Miss Trinket sprang auf. »Dann los, los, los«, sagte sie aufgeregt, »worauf warten wir noch? Wann können wir anfangen?«

Da riss Alarich die Geduld, er rief: »Nein, das mach ich nicht! Dann such' ich mir lieber ein anderes Laboratorium. Das ist Erpressung. Schlicht und einfach Erpressung.«

»Hört, hört!«, warf Charlotte ernsthaft ein.

Miss Trinket starrte sie an. Ihre grünen Stachelbeeraugen sahen auf einmal wieder recht sauer aus. »Heimliche Versammlungen hier unten in meinem Keller«, zischte sie, »na gut, dann werd ich dafür sorgen, dass euer Großvater alles erfährt.«

»Das kann doch nicht Ihr Ernst sein, Miss Trinket!«, protestierte Charlotte.

»Es ist mein Ernst, das werdet ihr schon sehen. Entweder lasst ihr mich das Experiment machen, oder ...«

»Na gut«, gab Alarich plötzlich nach, »Sie haben gewonnen!«

Die anderen starrten ihn überrascht an. Was war in ihn gefahren?

»Denken Sie nur bitte an eines, Miss Trinket. Alles geschieht auf Ihre eigene Gefahr. Es ist nicht meine Schuld, wenn etwas ...«

»Wenn was?«

»Wenn etwas schiefgehen sollte.«
»Aber was könnte denn schiefgehen?«, erkundigte sich Miss Trinket ärgerlich. »Du hast doch ein Experiment schon an Sarah ausprobiert, oder? Wo ist Sarah eigentlich?«
»Sie ruht sich ein bisschen aus«, antwortete Alarich und hoffte, dass Sarahs kleines weißes Köpfchen nicht gerade in diesem Moment aus seiner Jackentasche lugte. Er hob sein Buch auf.
»Ich nehm das!«, rief Miss Trinket und griff gierig danach.
»Wenn Sie es haben, sind wir nicht imstande, die Zutaten für Ihr Experiment zu sammeln.«
»Oh!« Sie zögerte.
»Ich will Ihnen was sagen«, lenkte Alarich ein, »ich schreibe Ihnen ein paar Sachen auf einen Zettel, damit Sie sie suchen können. Den Rest übernehmen wir.«
Miss Trinket riss Alarich die Liste fast aus der Hand, als er alles aufgeschrieben hatte. »Heute ist Dienstag!«, sagte sie befehlshaberisch. »Bis morgen Vormittag habt ihr alles zusammen, also Mittwoch. Nicht später! Bringt alles Punkt zehn Uhr hier herunter.«
»Aber das ist unmöglich. Sarah und ich haben ungefähr ...«
»Morgen um zehn Uhr, hab ich gesagt. Sonst ...« Die rosa Rosen auf Miss Trinkets Hut wippten zur Bestätigung.
Die Kinder stolperten durch den Tunnel zurück. Alle waren niedergeschlagen. Plötzlich brach es wütend aus Alarich heraus: »Sie tut so, als ob es ihr Laboratorium wäre.«
»Leider stimmt das ja auch«, antwortete Charlotte, »es ist schließlich ihr Keller, und das ist ungefähr dasselbe.«

»Ich weiß nicht, was los ist«, sagte Alarich, »zuerst verwandelt sich Sarah in eine Maus, dann entdecken wir, dass die alte Trinket die ganze Zeit Bescheid gewusst hat, und um die Sache vollständig zu machen, erpresst sie uns auch noch. Was für ein Leben!«

Plötzlich begann er zu lachen.

»Was ist denn da so komisch?«, fragte Jonathan.

»Ach, nichts. Aber wenn sie sich einbildet, dass sie wie eine alte Hexe auf dem Besenstiel auf dem Domplatz spazieren fliegen und ihre Nase in anderer Leute Angelegenheiten stecken kann, dann hat sie sich geirrt.«

»Ich weiß nicht, wie du das verhindern willst«, sagte Charlotte.

Alarich lächelte geheimnisvoll. Dann schlug er sein Experimentierbuch auf und sagte: »Wenn wir ihr morgen alle Zutaten präsentieren sollen, dann müssen wir uns sputen. Ich lese am besten immer ein paar Sachen vor, und dann machen wir uns alle auf die Suche. Und dabei regnet es immer noch! Wenn es wenigstens ein bisschen aufklaren würde. Hier ist die Seite. Lass mal sehen – Hahnenfuß und Ehrenpreis ...«

»Aber Alarich«, quiekte Sarah plötzlich aus seiner Tasche heraus, »das ist doch nicht das Richtige!«

»Ach, halt den Mund und sei ein liebes Mädchen – ich meine: Mäuschen. Wo war ich stehengeblieben?«

Drei Stunden verstrichen.

»... Männertreu. Das ist dann das Letzte, Gott sei Dank«, sagte Alarich müde und klappte sein Buch zu.

»Das wächst im Küchengarten zwischen der Petersilie«, verkündete Charlotte, während sie sich den Regen aus dem Gesicht wischte.
»Du liebe Zeit«, sagte Alarich mit einem Blick auf seine Uhr. »Es ist fast drei viertel sechs.«
»Drei viertel sechs!« Charlotte schaute ihn erschrocken an. »Und um sieben soll das Abendbrot auf dem Tisch stehen. Ich hab noch nicht einmal eingekauft!«
»Na, jetzt ist es doch zu spät«, antwortete Alarich, »lass uns lieber nachsehen, was es in der Speisekammer gibt. Ich hab nämlich einen brüllenden Hunger.«
»Ich auch!«, quiekte Sarah.
»Wenn wir nichts zu essen haben, nützt euch das nichts«, sagte Charlotte schuldbewusst. Sie gingen ins Haus und liefen in die große weiß gekalkte Speisekammer. Alarich schaute zuerst in die Brotdose.
»Nur ein halbes Brot. Und das sieht auch ganz schön trocken aus.«
»Ein halbes Brot ist besser als gar kein Brot«, sagte Charlotte, wobei sie unbewusst Tante Carry nachmachte, »ein großer Blumenkohl ...«
»... und ein bisschen verschimmelter Käse«, ergänzte Jonathan.
»Den kannst du haben, Sarah«, schlug Alarich vor, »Mäuse fressen doch so gerne Käse.«
»Ich aber nicht«, quiekte Sarah ungnädig, »du weißt ganz genau, dass ich Käse nicht mag.«
»Das scheint schon alles zu sein«, stellte Alarich verdrießlich fest.

Charlotte versank in Nachdenken. Was konnte man aus einem großen Blumenkohl und einem halben alten Brot nur kochen? Sie blätterte in Tante Carrys Kochbuch herum, während die anderen sie hungrig und erwartungsvoll anschauten. »Wenn wir wenigstens ein paar Eier hätten«, seufzte sie.

»Lauf in den Hühnerstall, Peter, und schau nach, ob die Hühner was gelegt haben!«, befahl Alarich. »Nimm diese Schüssel für die Eier mit, aber lass sie nicht fallen. Und dass du mir nicht die Hennen jagst!«

»Nein«, versprach Peter großzügig, ohne die geringste Absicht, dieses Versprechen einzuhalten.

»Ich werde einen Blumenkohlauflauf machen«, verkündete Charlotte, »ja – und dazu passt ausgezeichnet Kopfsalat. Jonathan, hol mir doch zwei Salatköpfe aus dem Garten. So, und was können wir als Nachtisch machen?«

»Apfel-Charlotte«, sagte Alarich so prompt, dass Charlotte lachen musste.

Als Jonathan mit dem Salat zurückkam, wurde er sofort wieder nach Kochäpfeln losgeschickt. Alarich brachte das Feuer wieder in Gang, das im Küchenherd niemals ausging.

»Vier Eier!«, verkündete Peter und trug sie stolz herein. »Alle braun, nur eins nicht.«

Alarich stöhnte. »Das weiße ist doch das Porzellanei. Fass nur mal an, Peter, wie kalt und schwer es ist. Das legt man in das Nest, damit die Hennen noch ein paar Eier dazu legen.« Peter sah ein wenig verwirrt aus, aber er trabte mit dem Nestei brav in den Hühnerstall zurück.

Um drei viertel sieben begann der Blumenkohlauflauf im Ofen braun zu werden, und zehn Minuten vor sieben füllte der Duft der Apfel-Charlotte die Küche.
»Das riecht ja großartig!« Harry steckte seinen Kopf durch die Tür und stellte fest, dass alles in Ordnung war. Charlotte stieß einen Seufzer der Erleichterung aus. Dann fiel ihr plötzlich etwas ein. »Was machen wir denn jetzt mit Sarah?«
Alarich dachte nach. »Wir müssen sagen, dass sie in ihrem Zimmer ist. Dass sie sich nicht wohlfühlt.«
»Aber das stimmt doch nicht«, widersprach Charlotte.
»Dann müssen wir eben dafür sorgen, dass es stimmt«, antwortete Alarich. Er verschwand und kehrte bald mit dem leeren Papageienkäfig vom Boden zurück. »So, da hinein mit dir, Sarah. Wir hängen sie in eurem Zimmer neben dem Fenster auf, Charlotte. Da kann sie keinen Unsinn machen.«
Sarah quiekte empört.
»Es hat gar keinen Sinn, wenn du dich aufregst. Du bist ja selbst dran schuld. Da oben kann dich wenigstens Satan nicht erwischen. Wenn du brav bist, dann bringen wir dir auch ein bisschen was zu fressen mit hinauf.«
Charlotte servierte Großvater Hubble das Abendbrot. Dann trug sie die dampfende Auflaufform mit dem Blumenkohl ins Zimmer und stellte sie auf den Tisch.
»Ein Lob der Köchin!«, rief Harry und klopfte mit dem Vorleglöffel auf den Tisch. »Hipp, hipp ...«
»Hurra!«, schrien alle als Antwort.
Charlotte wurde rot. »Probiert nur erst einmal!«

»Wo ist denn Sarah?« Harry schaute sich suchend um.
»Sie ist – sie ist in ihrem Zimmer«, antwortete Charlotte. »Sie fühlt sich nicht so recht.«
»Pech«, sagte Harry, »da sollte ich wohl einmal nach ihr schauen. Hoffentlich kriegt sie nicht Scharlach oder so was Ähnliches.«
»O nein«, erwiderte Charlotte hastig, »sie ist nicht richtig krank. Ich bin ganz sicher, dass sie sich morgen wieder besser fühlt.«
Alarich warf Charlotte einen erleichterten Blick zu.
»Sarah hat wahrscheinlich zu viele unreife Pflaumen gegessen«, vermutete Harry. Da legte Peter bedächtig Messer und Gabel hin. Er schaute Harry mit seinen blauen Augen ernsthaft an und verkündete dann mit wichtiger Stimme: »Sarah hat sich in eine weiße Maus verwandelt.«
Die Kinder hörten auf zu essen und starrten ihn entsetzt an. Peter kümmerte sich gar nicht um sie. Harrys Zähne schimmerten in seinem sonnengebräunten Gesicht. »Wie hat sie das denn geschafft, Peter?«
Die Kinder hielten den Atem an.
»Sie ist in den Keller hinuntergegangen und hat was mit einem Gebubbel gemacht.« Er zeigte mit dem Finger auf Alarich. »Das hat der gekocht.«
Alarich wurde puterrot. Aber Harry warf den Kopf zurück und brach in ein dröhnendes Gelächter aus. »Du kannst dir ja vielleicht Geschichten ausdenken! Das reicht für zwei, Peter! Genauso wie ein alter Freund von mir, den ich in Southampton kennengelernt habe. Billy Coogans, so hat er geheißen. Damals war er noch Seemann. Der konnte

auch Geschichten erzählen, dass sich die Balken bogen.« Und dann vertiefte sich Harry in eine lange Geschichte von Billy Coogans und einem Walfisch. Die Kinder konnten wieder aufatmen.

»Es hat gar keinen Sinn, mit Peter zu schimpfen«, sagte Charlotte nach dem Abendessen, »er ist eben erst vier. Und außerdem hat er ja auch nur die Wahrheit gesagt.«

»Aber so damit herauszuplatzen – und heute ist erst der erste Tag. Ich weiß wirklich nicht ...«

»Wie lange hält die Wirkung von dem Gebubbel an?«

»Na, in dem Buch steht: gegen vier Tage. Als ich das Experiment ausprobiert habe und eine Katze geworden bin, da hat es ungefähr drei und einen halben Tag gedauert. Wenn Harry Sarah so lange nicht zu sehen bekommt, dann muss er misstrauisch werden. Ich weiß wirklich nicht, wie das weitergehen soll.« Alarich schüttelte verzweifelt den Kopf.

Es war dein Rezept

Am nächsten Morgen brach Alarich nach dem Frühstück zu seiner Verabredung mit Miss Trinket auf. Sarah nahm er in der Jackentasche mit. Miss Trinket wartete schon im Laboratorium auf ihn, und heute trug sie einen großen schwarzen Strohhut, der mit purpurroten Stiefmütterchen besetzt war. Das musste nach ihrer Meinung der richtige Hut für diesen bedeutsamen Anlass sein.
»Hast du alles mitgebracht?«, fragte sie sofort wie aus der Pistole geschossen und ganz gespannt. Alarich breitete die Kräuter vorsichtig auf dem Arbeitstisch aus. Sie musterte sie und sagte dann: »Hier ist mein Anteil. Sonnenblumensamen, Mohn, ein frischer Bovist und« – sie lächelte geziert – »die Locke von einer holden Jungfrau. Ich habe mir selbst eine abgeschnitten.«
»Jetzt brauchen wir noch Wasser«, erklärte ihr Alarich, »Sie müssen alles in Wasser kochen lassen, und dann müssen Sie sich das Gesicht und die Hände in der Brühe waschen.«
Miss Trinket zog zuerst ein angeekeltes Gesicht, aber dann huschte sie die Treppe hinauf, um Wasser zu holen.
»Ich hab's dir doch die ganze Zeit gesagt, Alarich«, quiekte Sarah, »du hast das falsche Rezept aufgeschlagen ... oh,

jetzt kapiere ich, was du vorhast. Oh Alarich! Ach, arme Miss Trinket. Oh! Hahahaha!«

»Pscht! Sie kommt zurück.«

Miss Trinket setzte den Eimer hin, wobei sie vor lauter Hast etwas Wasser auf den Kellerboden kippte. »Alarich Hubble! Ich bin sicher, dass du eine widerliche, kleine weiße Maus hast. Eben, als ich die Kellertreppe heruntergekommen bin, hab ich ihren kleinen Kopf ganz deutlich erkennen können. Sie hat aus deiner Jackentasche herausgeschaut.«

»Das ist nur Sallikin, meine kleine weiße Spielzeugmaus«, erwiderte Alarich gelassen.

»Es ist mir gleichgültig, wie du sie nennst. Ich will hier unten keine Mäuse haben. Puh, ich kann keine Mäuse ausstehen.«

»Dann bring ich sie lieber erst mal wieder nach oben«, sagte Alarich, »aber fangen Sie bitte nicht an, ehe ich nicht zurück bin. Jetzt wird's nämlich ein bisschen schwierig.«

»Warum kommst du denn schon zurück?«, erkundigte sich Charlotte neugierig. Sie holte gerade Tante Carrys Korb aus der Speisekammer heraus, weil sie einkaufen wollte.

»Sie mag keine Mäuse«, kicherte Sarah, »das war vielleicht komisch, Charlotte. Alarich hat gesagt, dass ich seine Spielzeugmaus bin und Sallikin heiße. Ach, und Charlotte! Alarich hat ihr das falsche ... au! Hör auf, Alarich. Das war mein Schwanz!«

»Hier, nimm sie.« Alarich stopfte Sarah in Charlottes Blazertasche. »Ich muss zu Miss Trinket zurück.«

Aber als er den Turm wieder erreicht hatte, stellte Alarich zu seiner Überraschung fest, dass die Tür verschlossen und der Schlüssel verschwunden war. »Verflixt, jetzt hat sie sich eingeschlossen«, murmelte er, »hoffentlich steckt sie nicht ihren eigenen Keller an.«
Er kehrte wieder um und stellte fest, dass Charlotte unterdessen mit Sarah fortgegangen war. Er schlenderte in die Küche und goss sich ein Glas Limonade ein. Dann reckte er sich und hob das Glas hoch. »Auf Miss Trinkets Wohl!«, rief er laut und grinste. Dann leerte er das Glas mit einem Zug.

Der Domplatz lag ganz verlassen. Alarich bummelte einmal ziellos um die Kathedrale herum. Als er einen Blick hineinwarf, sah er, dass Elisha Trinket ein paar Besucher durch das Seitenschiff führte. Zufrieden kehrte er nach Hause zurück und schlich sich auf Zehenspitzen über den Hof zu Miss Trinkets Hintertür. Er pochte leise. Keine Antwort. Er kniete sich neben dem hohen Gitter hin und starrte angestrengt zwischen den Stäben hindurch. Aber in der Dunkelheit konnte er nichts erkennen. Er rief leise:
»Pst! Miss Trinket?«
»Wer ruft mich?« Ihre Stimme klang, als ob sie heiser wäre.
»Ich bin's, Alarich.«
»Ach, mein Lieber!« Es folgten ein paar klatschende Geräusche. Dann erklang wieder ihre Stimme, diesmal schien sie näher zu sein. »Alarich! Bist du noch dort oben?«
»Ja, ich bin hier.«

»Geh hinein und mach die Falltür in der Küche auf. Halt! Warte! Wo ist Elisha?«
»Mr. Trinket ist in der Kathedrale.«
»Das ist gut. Er darf mich ... na, mach schon.«
Alarich machte die Hintertür auf und trat in die Küche. Die Falltür war nicht verriegelt. Er klappte sie auf und rief hinunter: »Hallo, Miss Trinket!«
Dann erstarrte er und riss die Augen auf. Denn da kam etwas Schwerfälliges die Kellertreppe heraufgekrochen und -gehüpft. Es war klein und hatte einen plumpen Körper. Es hatte einen platten Kopf und einen großen, breiten Mund. Seine grünbraune Haut war mit Warzen bedeckt. Es war eine Kröte.

Die Kröte tappte in die Küche und schaute mit ihren leuchtenden Bernsteinaugen zu Alarich empor. »Ich weiß nicht, was mit mir geschehen ist«, sagte sie heiser.
Alarich keuchte. »Miss – Miss Trinket?!«
»Natürlich, wer soll ich denn sonst sein?«, quakte sie spöttisch. »Der Mann im Mond?«
Alarich marschierte einmal um Miss Trinket herum und betrachtete sie, als ob er seinen Augen nicht trauen könne. »Hm, hm«, bemerkte er schließlich, »es ist auf jeden Fall höchst interessant. Aber ich verstehe es trotzdem nicht. Sie hätten eine Katze werden sollen!«
»Ich hab es doch gewusst! Du ungezogener Bengel! Du hast mich reingelegt, stimmt's?« Miss Trinket fing an, vor Wut zu schwellen. »Was bildest du dir ein! Du Flegel, du! Komm jetzt sofort mit mir in meinen Keller und verwandle mich wieder zurück.«
»Das ist unmöglich«, antwortete Alarich und dachte bei sich, dass Miss Trinkets strahlende kupferrote Krötenaugen viel schöner aussahen als ihre normalen stachelbeergrünen Augen.
»Unmöglich! Papperlapapp! Du hast mir das Rezept gegeben, und du hast mir geholfen, die Dinge zusammenzusammeln. Jetzt gibst du mir eben ein anderes Rezept, das mich wieder zurückverwandelt.«
»Ich hab Ihnen doch gesagt, dass es unmöglich ist. Solche Rezepte gibt es nicht.«
»Aber das muss es doch, das muss es doch!« Miss Trinket begann in ihrer Verzweiflung in die Höhe zu springen.
»Bitte regen Sie sich nicht auf, Miss Trinket.«

»Nicht aufregen! Ich möchte mal wissen, ob du dich nicht aufregst, wenn du in einen ganz gewöhnlichen ordinären Frosch verwandelt wirst. Was soll ich nur machen? Was wird Elisha sagen? Was sollen die Nachbarn von mir denken?«
»Sie sind kein gewöhnlicher Frosch«, stellte Alarich lächelnd richtig, »Sie sind eine Kröte, Miss Trinket. Es ist viel netter, eine Kröte zu sein.«
»Frosch – Kröte –, was für ein Unterschied ist das schon?«
»Ich habe Ihnen von Anfang an gesagt, dass Sie für alles selbst verantwortlich sind.«
»Oh – oh –, warte nur, bis ich mich zurückverwandelt habe. Dann sag ich aber allen Leuten alles!«, quakte sie rachsüchtig.
Alarich schaute sie nachdenklich an. »Ja – wenn Sie sich zurückverwandeln«, sagte er. »Vielleicht geschieht das gar nicht. Vielleicht bleiben Sie für den Rest Ihres Lebens eine Kröte. Wer weiß?«
Miss Trinket bekam einen solchen Schreck, dass sie verstummte.
»Du musst mir helfen«, krächzte sie schließlich, nachdem sie über diese Möglichkeit nachgedacht hatte.
»O nein, das muss ich nicht«, antwortete Alarich ruhig, »auf der einen Seite versuchen Sie mich auf alle möglichen Arten zu erpressen, und auf der anderen Seite erwarten Sie von mir, dass ich Ihnen helfe. Warum sollte ich das tun? Nein, da geh ich lieber.«
»Halt!«, quakte Miss Trinket erschrocken. »So hab ich das

doch gar nicht gemeint. Sag mir doch, was ich tun soll – bitte, Alarich, mein Lieber!«

»Das hört sich schon besser an.« Alarich kam zurück und setzte sich auf die Ecke des Tisches. »Also, zuerst müssen Sie einmal geloben, über alles Stillschweigen zu bewahren. Kein einziges Wort zu einem lebenden Menschen, sonst weigere ich mich schlichtweg, Ihnen zu helfen.«

»Ich verspreche es«, sagte Miss Trinket schwach.

»Zweitens müssen Sie mir erlauben, Ihren Keller weiter als wissenschaftliches Laboratorium zu benutzen.«

»Aber ja.«

»Und drittens: Sie müssen den Gedanken ans Fliegen aufgeben.«

Miss Trinkets Kopf sank enttäuscht zur Seite. »Nicht einmal ein klitzekleines bisschen?«, quakte sie mit flehenden großen Augen.

»Überhaupt nicht«, antwortete Alarich erbarmungslos.

»Na gut, einverstanden!«, gab sie beleidigt nach.

»Und wenn Sie Ihr Wort brechen, dann werde ich Mittel und Wege finden, um Sie wieder in eine Kröte zurückzuverwandeln.«

Miss Trinket zitterte.

»Jetzt aber werden Sie mindestens drei Tage lang eine Kröte bleiben müssen.«

Miss Trinket wurde wieder aufgeregt und begann hin und her zu springen. »Aber Elisha ...«, krächzte sie, »was ist mit Elisha?«

»Hm. Das ist natürlich ein Problem. Ja, da fällt mir etwas ein. Sie müssen ihm einfach einen Brief schreiben, in dem

Sie ihm ankündigen, dass Sie für ein paar Tage verreisen mussten. Wohin, das spielt ja keine Rolle. Legen Sie den Brief auf den Küchentisch. Dann kehren Sie am besten in den Keller zurück und bleiben drei Tage lang dort unten, bis die Wirkung wieder nachlässt.«

»Schreiben?« Miss Trinket hielt ihre vierfingrige grüne Pfote in die Luft und wedelte hilflos damit hin und her.

»Ja, das geht nicht. Daran hab ich im Moment nicht gedacht«, sagte Alarich, »ich muss für Sie schreiben.«

»In der linken Kommodenschublade findest du einen Bleistift und Papier.« Dann diktierte Miss Trinket: »Lieber Elisha, meine Schwester Henriette hat mich gebeten, sofort nach Brighton zu kommen. Es sei dringlich. Bin in vier Tagen wieder da. Deine Tabitha.«

»Ausgezeichnet«, bemerkte Alarich zufrieden. Er lehnte den Zettel gegen die Milchflasche auf dem Küchentisch, so dass Mr. Trinket sie sofort beim Betreten des Raumes erblicken musste. Dann sagte er: »Und jetzt in den Keller hinunter, Miss Trinket. Schnell!«

»Aber – da werd ich doch verhungern!«

»Da unten gibt's genug Fliegen und Spinnen«, neckte sie Alarich. Sie stieß einen krächzenden Schrei aus. »Und wir bringen Ihnen immer frische fette Käfer und Raupen, lauter gute Dinge, die Kröten gerne fressen.«

Nachdem Miss Trinket dreimal in die Höhe gesprungen war, beruhigte sie sich ein wenig. »Wonach ich mich jetzt wirklich sehne«, bekannte sie, »das ist eine schöne heiße Tasse Tee.«

»Die werden Sie bekommen«, antwortete Alarich zuvor-

kommend. Er setzte sofort den Kessel aufs Feuer. »Was haben Sie übrigens mit dem Kerkerschlüssel gemacht?«
»Der ist im Keller«, antwortete sie.
»Ich komme gleich mit Ihnen hinunter und hole ihn mir. So, jetzt ist der Tee fertig. Sie müssen freilich aus der Untertasse trinken.«
Miss Trinket antwortete fast vergnügt: »Tu ein bisschen Sahne dazu und drei Stück Zucker bitte, mein Lieber!«

Zu viele Köche verderben den Brei

»Wenn das noch lange so weitergeht«, meinte Charlotte missbilligend, »dann haben wir einen ganzen Zoo. Eine Maus – eine Kröte – was mag wohl als Nächstes kommen! Hilf mir bitte mit dem Tisch, Alarich.«
»Mittagessen im Grünen«, sagte Alarich, »zu schön bei dieser Hitze.«
»Auf jeden Fall schöner, als wie Miss Trinket unten im dunklen Keller zu hocken«, fand Charlotte. »So was hätte ich dir wirklich nicht zugetraut, Alarich! Du solltest dich schämen. Du bist genauso schlimm wie Sarah.«
»Wenn die Luft rein ist, können wir ihr nachher ja etwas von unserem Mittagessen hinunterbringen«, antwortete Alarich friedfertig. »Was habt ihr denn heute Morgen gemacht, Jonathan?«
»Ich hab gemalt. Sieh mal hier!« Jonathan hielt Alarich das aufgeschlagene Skizzenbuch unter die Nase.
»Machst du bald wieder ein Gebubbel?«, erkundigte sich Peter hoffnungsvoll.
»Ich weiß noch nicht so recht«, antwortete Alarich, »für mein Gefühl haben wir gerade genug davon gehabt. Zuerst macht Sarah eins, dann mischt sich Miss Trinket ein.

Viele Köche verderben den Brei. Was meinst du, Charlotte?«
»Da hast du wirklich recht«, antwortete Charlotte mit Nachdruck, »besonders, wenn die Köche die falschen Rezepte erwischen. Die arme Miss Trinket. Und der arme alte Elisha Trinket! Jetzt muss er sich in den nächsten Tagen selbst versorgen und auch noch für sich kochen! Na, ich hab wenigstens eine gute Nachricht. Euer Großvater will Harry den ganzen Vormittag lang diktieren. Sie wollen zusammen oben zu Mittag essen. Da hast du wieder Glück gehabt, Sarah. Und dann soll ich dir noch etwas von Harry ausrichten. Er hat gesagt, sorg dafür, dass Sarah nicht mehr so viele überreife Pflaumen futtert.«
»Das hab ich gern«, erklärte Sarah beleidigt, die neben der Terrassentür im Papageienkäfig hing.
»Ärgere dich nicht!«, rief ihr Alarich lachend zu. »Sei lieber froh, dass sie noch nichts gemerkt haben.«
»Das ist für dich, Sarah.« Charlotte stellte sich auf die Zehenspitzen und schob eine Untertasse in den Käfig.
»Oh, danke schön!« Sarah begann an dem Schnipselchen Lammfleisch, dem Löffelchen Kartoffelmus mit Soße zu nagen und zu schlecken. Seit dem Frühstück schien schon eine Ewigkeit vergangen zu sein. Nachdem Alarich Charlotte geholfen hatte, die Tabletts für die Erwachsenen hinaufzubringen, setzten sie sich im Garten an den Esstisch. Es war friedlich und schön in der Sonne, ein leichter Windhauch ließ die Zipfel des blau-weiß karierten Tischtuchs flattern und trug den Duft von warmem Gras und Blumen zu ihnen herüber. »Das erste Experiment

aus deinem Buch scheint auf verschiedene Personen verschiedene Wirkungen auszuüben«, bemerkte Charlotte, während sie Alarich die Pfefferminzsoße reichte.
»Ja, das ist verblüffend, nicht wahr? Die Geschichte beunruhigt mich etwas. Das ist keine exakte Wissenschaft, wenn beim gleichen Experiment immer verschiedene Resultate auftauchen.«
»Ich sag doch die ganze Zeit, dass es nichts mit Wissenschaft zu tun hat!«, piepste Sarah aus ihrem Käfig. »Es ist Zauberei.«
»Wie gescheit mein kleines Mäuschen Sallikin ist«, spottete Alarich, »ihr ist der Zauber schon zu Kopf gestiegen. Aber wirklich, ich möchte zu gerne wissen, in was du dich verwandeln würdest, Charlotte, wenn du das Experiment auch machtest.«
»Um des Himmels willen!«, rief Charlotte aus.
»Ich hätte keine Angst«, sagte Jonathan, »ich wäre gerne ein Hund. Ja, ein netter kleiner Scotchterrier. Wauwau! Wauwau!«
»Niemand kann dir garantieren, was du wirst«, sagte Alarich, »es ist ein echtes Risiko. Wenn ich richtig darüber nachdenke, so neige ich eigentlich dazu, von den anderen Experimenten Abstand zu nehmen. Wer weiß, was einem passiert!«
»Ich wär gerne eine Schlange!«, sagte Peter und malte bei diesen Worten eine besonders lange Schlängelschlange in die Luft. Dabei leuchteten seine blauen Augen begeistert. Charlotte schüttelte sich. Sie lief durch das Haus in die Küche, um den nächsten Gang zu holen. »Ich habe gerade

eben über das Abendessen nachgedacht«, verkündete sie beim Zurückkommen.

»Was ist denn damit?«, fragte Alarich und musterte dabei anerkennend Charlottes Stachelbeerkuchen.

»Na ja, dabei wird sich Harry wieder nach Sarah erkundigen. Es würde ein bisschen komisch aussehen, wenn sie schon wieder nicht da ist, außer ...«

»Außer was?«

»Außer du bist auch nicht da, Alarich.«

»Ich soll mich doch hoffentlich nicht wie Sarah in eine Maus verwandeln!«

»Unsinn! Natürlich nicht.«

»Ich hab doch nur Spaß gemacht. Ich weiß schon, was du meinst. Wenn ich beim Abendessen auch nicht da bin, dann wird Harry nur sagen: ›Die beiden treiben sich schon wieder herum. Nie zu finden, wenn man sie braucht, wie immer!‹ So, nicht wahr, Charlotte? Das ist gar keine schlechte Idee. Nur musst du bitte an eins denken!«

»Woran?«

»Mir eine anständige Portion vom Abendessen aufzuheben!«

»Mir auch!«, piepste Sarah.

Der Nachmittag verging schnell. Charlotte buk einen Apfelkuchen, während die anderen faul im Garten auf dem Rasen lagen und sich unterhielten. Alarich und Sarah verschwanden um die Abendbrotzeit herum. Harry zuckte nur die Schultern und sagte: »Haben vermutlich wieder Unsinn im Kopf.« Mitten im Abendessen klingelte es an der Haustür. Harry stand auf und öffnete.

»Das ist Mr. Trinket gewesen«, verkündete er beim Zurückkommen. »Er hat mich um einen Dosenöffner gebeten. Seine Cousine ist auf ein paar Tage nach Brighton gefahren, und er muss sich jetzt um sich selber kümmern. Er sagt, er fände überhaupt nichts. Der arme alte Mann. Ohne sie scheint er ziemlich hilflos zu sein.«
Charlotte hörte mit schlechtem Gewissen zu. »Soll ich ihm vielleicht den Rest vom Apfelkuchen bringen?«, fragte sie und wurde rot. »Das heißt, wenn keiner mehr etwas davon will.«
Harry lächelte. »Aber sicher. Nimm auch die Sahne mit. Ich glaube, er wird sich darüber freuen.«
Als Alarich und Sarah etwas später ihr Abendbrot aßen, mussten sie auf Apfelkuchen verzichten, denn Charlotte hatte vor lauter Eifer vergessen, ihnen etwas aufzuheben. Jetzt nahm sie ein kleines Paket von der Anrichte, in dem sie etwas zum Essen für Miss Trinket eingepackt hatte. »Lasst uns doch alle zusammen hinuntergehen und es ihr bringen«, schlug sie vor.
Alarich zögerte. Er schaute Peter nachdenklich an, kitzelte ihn dann am Kinn und sagte:

»Kannst du wohl verschwiegen sein?
Kannst du das wohl machen?
Verboten ist das Ja und Nein,
das Weinen und das Lachen!«

Peter starrte ihm, ohne eine Miene zu verziehen, in die Augen.

»Das ist gut«, sagte Alarich. »Hör mal, Peter, unten im Keller ist eine sprechende Kröte ...«
»Ich weiß, das ist Miss Trinket!«, rief Peter.
»Pscht! Kein Wort darüber! Das darf keine Menschenseele wissen. Schwöre!«
»Ich schwöre!«, antwortete Peter ernsthaft.
Die Sonne war schon untergegangen, aber der Himmel war im Westen noch vom letzten Tageslicht hell. Ein kühler Wind kam auf, und die mächtige Zypresse ließ ihre Federblätter rascheln. Alarich schloss die Turmtür auf, und bald darauf krochen die Kinder durch den unterirdischen Gang zum Laboratorium. Alarich rief leise: »Miss Trinket! Sind Sie hier?«
Keine Antwort. Er zündete eine der Petroleumlampen an. Das Licht legte sich sanft auf die purpurnen Stiefmütterchen auf dem schwarzen Strohhut, der auf der Bank lag, aber von Miss Trinket gab es keine Spur.
»Sie versteckt sich wahrscheinlich«, vermutete Charlotte. Dann rief sie auch: »Kommen Sie heraus, Miss Trinket, wir haben Ihnen etwas zu essen mitgebracht.«
Schweigen.
»Ach, wir stellen ihr das Futter einfach in die Ecke, Charlotte«, sagte Alarich, »mehr können wir nicht tun.« Dann runzelte er jedoch die Stirn und setzte etwas beunruhigt hinzu: »Sie könnte freilich die Kohlenschütte hinaufgekrochen sein und sich durch das Gitter gequetscht haben.« Er leuchtete mit der Taschenlampe nach oben. »Ja, die Mauer ist so schräg, dass sie ganz leicht hätte hinaufklettern können. Das bedeutet, dass sie draußen

herumkriecht. Du liebe Güte! Hoffentlich wird sie nicht von einer Eule erwischt und als Abendbrot verspeist.«

Während Charlotte am nächsten Tag im Haus beschäftigt war, strich Alarich den ganzen Tag in der Hoffnung draußen herum, auf Miss Trinket zu stoßen. Er wusste genau, wie gut sie ihre graubraune Tarnfarbe schützen würde, besonders, wenn sie nicht entdeckt werden wollte. Nachdem er gegen alle Hoffnung sein Laboratorium ein zweites Mal aufgesucht hatte, weil sie dort ja vielleicht doch aufgetaucht sein könnte, machte er sich daran, den Park zu durchkämmen. Ein paar Kinder spielten und schrien um die Schaukeln herum.

»Habt ihr hier in der Nähe eine Kröte gesehen?« Alarich versuchte, so viel Gleichgültigkeit in seine Stimme zu legen, als ob es ganz selbstverständlich wäre, dass sich jemand nach Kröten erkundigt. Trotzdem hörten die Kinder zu spielen auf und starrten ihn an. Eine Kröte! Wie komisch, nach einer Kröte zu suchen!

Ein Kind fing an zu kichern, und da brachen sie alle in Gelächter aus und schrien durcheinander. Alarich wurde rot vor Verlegenheit und rannte davon.

Vor ihm lag der Fluss. Er wanderte langsam am Ufer entlang und untersuchte sorgfältig all die vielen kleinen seichten Buchten zwischen den Gras- und Unkrautbüscheln. Er tröstete sich mit dem Gedanken daran, dass Miss Trinket in keinem Fall ertrunken sein könne. Er hatte einmal gelesen, dass Kröten ausgezeichnete Schwimmer seien.

Gerade als er sich ein wenig erleichtert zu fühlen begann,

erblickte er die Schwäne. Sie segelten majestätisch zwischen dem jenseitigen Ufer und der Insel mitten im Strom hin und her, auf der sie ihre Nester gebaut hatten. Ihre schwarzen Augen schossen aufmerksam und gierig hin und her. Ein schrecklicher Gedanke überfiel ihn: Konnte ein Schwan eine ausgewachsene Kröte verschlingen? Während er sie wie gebannt beobachtete, kam es ihm so vor, als ob der eine von ihnen dicker als seine Gefährten sei, als ob er jenen satten, zufriedenen Ausdruck zeige, den man nach einem gerade eingenommenen Imbiss annimmt ...

Alarich machte sich niedergeschlagen auf den Heimweg. Er lief direkt ins Wohnzimmer, zog das Lexikon aus dem Regal und schlug das Stichwort »Kröte« auf.

»Eine schwanzlose Amphibie von gedrungenem Körperbau«, las er, »Kröten werden in vielen Teilen der Welt als Nahrung verspeist (du liebe Zeit!). Die Kröte hat zahlreiche Feinde (kein Wunder!), unter denen sich wider besseres Wissen auch der Mensch befindet. Denn die nützliche Kröte ernährt sich von Würmern und Insekten und ist so ein Freund des Gärtners.«

Das Lexikon ließ sich noch des Längeren und Breiteren über die Feinde der Kröte aus, die ganz offensichtlich zahlreich und überaus verschiedenartig waren.

Alarich stellte das Buch schaudernd ins Regal zurück und ging hinunter zum Mittagessen.

»Du wirst schon sehen, sie taucht ganz von allein wieder auf«, sagte Charlotte mit einem Blick auf Alarichs verstörtes Gesicht. Aber sie schien selbst nicht an das zu glauben, was sie sagte. Alarich legte sein Besteck beiseite und schob seinen Teller unberührt zurück. »Ich wünschte, wir hätten nie mit diesen Experimenten angefangen«, platzte es aus ihm heraus, »ich wünschte, ich hätte das Buch niemals zu sehen bekommen.«

Die anderen schauten ihn mitfühlend an.

Um allem noch die Krone aufzusetzen, begann Sarah im Lauf des Nachmittags zu klagen, dass sie sich nicht wohlfühle. Sie lag apathisch auf dem Boden des Papageienkäfigs und hatte das Köpfchen zwischen die Vorderpfoten gesteckt. Die Augen hatten ihren Glanz verloren, das Schwänzchen zuckte nicht einmal mehr, und sie konnte nur noch wimmern und stöhnen: »Oje, oje, oje – wie ist mir übel!«

Charlotte war auch ganz durcheinander und begann halb abwesend, das Abendbrot vorzubereiten. Alarich lungerte in der Küche herum, setzte sich schließlich an den Tisch und begann, mit den Fingern auf der Tischplatte zu trommeln und geräuschlos zu pfeifen. Charlotte fiel ein Teller aus der Hand und zerschmetterte auf dem Steinfußboden in tausend Scherben. »Wirklich, Alarich!«, rief sie aus. »Du kannst einen aber auch nervös machen. Hast du denn nichts zu tun?«

»Tut mir leid, altes Mädchen«, antwortete Alarich und sammelte die Scherben ein. »Es ist nur, weil alles schiefgeht. Und ich bin so müde, dass ich gar nicht mehr denken kann. Vorige Nacht hab ich kein Auge zugemacht, weil ich immer an Miss Trinket denken musste.«

Charlotte wollte schon sagen, dass er schließlich selber an

allem schuld sei und dass er eben in Zukunft besser auf sein Gebubbel aufpassen müsse, aber dann schluckte sie die Bemerkung doch hinunter und sagte stattdessen: »Ich muss immer an die arme, kleine Sarah denken. Kannst du dich noch daran erinnern, wie es war, als du das Experiment an dir ausprobiert hast?«

»Ich brauch mich gar nicht daran zu erinnern«, antwortete Alarich, »ich wäre ein schlechter Wissenschaftler, wenn ich danach nicht alles genau notiert hätte. Ich hab meine Unterlagen hier irgendwo.«

Er zog ein kleines Notizbuch aus der Innentasche seines Blazers und schlug es auf.

»Darf ich mal sehen?« Charlotte ergriff das Büchlein und las den Text. Er war in Alarichs kleiner, ordentlicher Handschrift geschrieben und methodisch angeordnet. Unter der Überschrift »Experiment 1« stand:

»Montag, 30. Juli. 12 Uhr 20. Experiment erfolgreich. Fühlte

mich zuerst sonderbar, das hörte aber bald auf. Sehr hungrig. Keine Lust, Mäuse oder Vögel zu fressen. Konnte wie ein Mensch denken und sprechen.
Dienstag, 31. Juli. Das Gleiche wie gestern.
Mittwoch, 1. August. Keine Veränderung.
Donnerstag, 2. August. Fühlte mich elend. Müde. Kein Hunger. Hatte das Gefühl, als ob mir das Fell platzte. 11 Uhr 10. Verwandelte mich in einen Jungen zurück.«
»Na, siehst du, da haben wir's ja«, rief Charlotte triumphierend und legte den Finger auf die letzte Eintragung. »Sarah hat die gleichen Symptome, wie du am Donnerstagmorgen gehabt hast. Kein Grund zur Sorge.«
»Natürlich, du hast recht! Wieso ist mir das nicht gleich eingefallen? Hast du gehört, Sarah? Du fühlst dich jetzt elend, weil du dich bald wieder zurückverwandeln wirst.«
Sarah gab nur einen gequälten kleinen Quiekser von sich.
»Vielleicht ist es besser, wenn wir sie jetzt aus dem Käfig nehmen«, schlug Charlotte vor, »stell dir vor, sie verwandelt sich da drinnen zurück.«
Alarich hob Sarah vorsichtig heraus und steckte sie in seine Tasche. »Wenn du merkst, dass irgendwas mit dir passiert, dann sag schnell Bescheid, damit ich dich auf den Boden setzen kann«, sagte er ihr.
»Hast du dir schon überlegt, was wir mit ihr beim Abendessen machen?«, erkundigte sich Charlotte.
»Schon wieder ein Problem!« Alarich stöhnte. »Wir machen's am besten genauso wie gestern.«
»Man soll eine Ausrede niemals wiederholen. Das geht

immer schief«, sagte Charlotte, während sie den Kartoffelsalat mischte. »Mir ist etwas Besseres eingefallen.«
»Was denn?«
»Lass uns frühzeitig essen, ehe Harry und euer Großvater nach Hause kommen. Glücklicherweise sind sie ja heute Nachmittag ausgegangen. Ich kann ihnen das Abendbrot dann fertigmachen und auf ein Tablett stellen. Es gibt sowieso nur kalt: Schinken und Salat und danach Heidelbeeren.«
»Aber werden sie dann nicht denken ...« Alarich suchte wie immer nach einer Schwierigkeit.
»Lass mich doch ausreden! Wir legen Harry einen Zettel dazu und sagen, dass wir heute so müde sind, dass wir gleich ins Bett gegangen sind. Das müssen wir dann natürlich auch tun.«
»Hm, ja. Das könnte klappen.« Alarich gähnte. »Mir wäre es ehrlich gesagt nur lieb, wenn ich mal früh ins Bett käme. Aber Jonathan wird es nicht passen.«
»Was passt mir nicht?«, erkundigte sich Jonathan, der gerade mit Peter in die Küche kam. Er hatte einen Farbfleck auf der Nase, völlig zerraufte Haare und einen schlafwandlerischen Blick in den Augen. Er war ganz in seine letzte Arbeit vertieft gewesen, ein Bild vom versunkenen Rasen und vom Kerkerturm, und er hatte sich eingebildet, dass es das beste Bild werden würde, das er je gemalt hatte. Doch dann hatte irgendetwas nicht geklappt, und es war sein schlechtestes geworden. Nach einem leidenschaftlichen Kampf mit sich selbst hatte Jonathan das Blatt zusammengeknüllt und wütend in den offen-

stehenden Hühnerstall geworfen. Das war das letzte Bild, das er jemals gemalt hatte!

Charlotte erklärte Jonathan ihren Plan, und Jonathan antwortete wütend: »Um sieben ins Bett? Das ist doch eine hirnverbrannte Idee.«

»Vielleicht fällt dir ja was Besseres ein!«, fuhr ihn Alarich schnippisch an.

»Ich glaube, dass euch allen eine ordentliche Nachtruhe ganz guttun würde«, stellte Charlotte entschieden fest.

Sie aßen ihr Abendbrot in ungewöhnlichem Schweigen. Alle außer Peter waren niedergeschlagen oder gereizt. Alarich schob den Teller mit dem Nachtisch zurück. »Ich will vorm Schlafengehen schnell noch mal ins Laboratorium gehen und nach – na, ihr wisst schon, nach wem, Ausschau halten«, sagte er müde.

»Sie kann sich genauso gut die ganze Zeit unten versteckt haben«, sagte Charlotte, »vielleicht gibt sie sich eher zu erkennen, wenn ich mit hinunterkomme. Mit dir steht sie ja momentan nicht gerade auf dem besten Fuße.«

»Ich will auch mit«, verkündete Peter sofort, »ich will die sprechende Kröte auch sehen.«

»Dann kann ich ja auch mitkommen«, sagte Jonathan.

»Bitte, bitte, bitte! Je mehr, desto besser«, spottete Alarich, »hereinspaziert, hereinspaziert! Bewundert unsere einzigartige sprechende Kröte! Die Einzige auf der Welt! Eintritt frei! Immer hereinspaziert! Der einzige Haken ist: Sie ist gerade verschwunden!« Er warf einen Blick auf die Uhr. »Wir müssen uns aber beeilen. Es ist gleich zwanzig vor sieben.«

Sie rannten durch den Garten. Alarich schloss die Kerkertür auf und begann müde, die Stufen hinunterzusteigen. Die anderen folgten ihm.

»Hoffentlich ist sie zurückgekommen«, flüsterte Charlotte aufgeregt. Aber sie entdeckten im Keller nicht die geringste Spur von Miss Trinket. Sie stolperten zurück, Alarich ging wieder an der Spitze und erreichte als Erster die Turmtür.

»Du liebe Güte!«, hörten sie ihn rufen. »Nein! Nicht schon wieder!«

Latchums Triumph

»Was ist denn los?«, erkundigte sich Charlotte, während sie durch das Mauerloch in den Kerker kroch.

»Oh, es hat uns nur jemand eingeschlossen. Das ist diese verdammte Miss Trinket. Sie muss es sein. Sie ist wirklich eine Pest!«, schimpfte Alarich, ohne viel nachzudenken.

Es war eigentlich nicht seine Art, vorschnelle Schlüsse zu ziehen, aber heute war er erschöpft.

»Was sollen wir denn jetzt machen?« Charlotte rieb sich die kalten Arme und wünschte insgeheim, sie hätte ihre Wolljacke mitgenommen.

»Ich glaube, wir gehen am besten ins Laboratorium zurück. Dann können wir ja einen Rettungsplan schmieden.« Der Gang schien auf dem Rückweg länger, enger, finsterer und eisiger denn je zu sein. Nachdem sie das Laboratorium erreicht hatten, zog Alarich sorgfältig den schwarzen Vorhang zurecht, der den Eingang verdeckte, und zündete die Lampen an. Charlotte setzte sich in einen der Rohrstühle.

»Peter schläft schon fast«, bemerkte Jonathan. Alarich schob zwei Stühle zusammen und legte einen zusammengefalteten Sack über die Sitze. Peter kletterte dankbar in

das improvisierte Bett und war ein paar Minuten darauf fest eingeschlafen.
»Ich wünschte, das könnte ich auch tun«, sagte Alarich neidisch.
»Peter kann überall schlafen«, erklärte Jonathan.
Alarich gähnte. »Es ist nur gut, dass wir den Zettel schon geschrieben haben. Jetzt denkt Harry, dass wir schon friedlich im Bett liegen. Uns bleibt nichts anderes übrig, als geduldig abzuwarten, bis alles still geworden ist und bis Elisha Trinket im Bett ist. Dann können wir nach Hause gehen.«
»Nach Hause?« Charlotte und Jonathan starrten ihn an. »Aber wie denn?«
»Ganz einfach: durch die Kohlenschütte. Wir hätten noch einen zweiten Fluchtweg, die Kellertreppe hinauf, durch die Falltür und zur Küchentür der Trinkets hinaus, aber das halte ich für zu riskant.«
Charlotte begann erleichtert auszusehen. »Ich hatte schon befürchtet, dass wir die ganze Nacht hier unten bleiben müssen.«
»Kein Grund zur Verzweiflung.«
Aus Alarichs Jackentasche ertönte ein schwaches Quieken.
»Ach, Sarah! Ich hatte dich ganz vergessen. Wie geht's dir denn jetzt?«
»Ganz erträglich. Aber es sticht und prickelt mir in allen Gliedern. Lass mich doch raus, damit ich ein bisschen hin und her laufen kann.«
Alarich setzte Sarah auf den Fußboden.
»Mach aber keinen Unsinn!«, befahl er.

Sarah rannte ununterbrochen an den Kellerwänden entlang. Es war ein zu schönes Gefühl, nach dem zusammengekrümmten Dasein in Alarichs Jackentasche wieder die Glieder regen zu können. Aber nach kurzer Zeit wurde sie müde. Sie rollte sich in einer Ecke zusammen und schlief sofort ein.

Die Kinder nickten in ihren Stühlen ein. Die gedämpften Klänge der Domglocken bezeichneten die verrinnenden Viertelstunden. Es schlug zehn Uhr, dann halb elf. Um drei viertel elf wurde Alarich mit einem Ruck wach und schaute auf seine Uhr. Dann rüttelte und schüttelte er die anderen, die eingeschlafen waren. »Ich glaube, jetzt ist es sicher.«

»Ist schon Morgen?«, erkundigte sich Peter, der in das Licht der Taschenlampe blinzelte.

»Nein, aber Zeit, ins Bett zu gehen«, erklärte ihm Charlotte.

Sie schlichen auf Zehenspitzen hinter Alarich her in den größeren Keller. Alarich spähte durch den Kohlenrost in den dunklen Hof von Miss Trinket hinauf und lauschte angestrengt.

»Jonathan! Hilf mir, den Rost hochzustemmen«, flüsterte er nach einem Augenblick, »aber ganz langsam! Es darf nicht klirren.« Es war gar nicht so einfach, den schweren Eisenrost in die Höhe zu stemmen und dann zur Seite gleiten zu lassen. Aber schließlich hatten sie es geschafft. Zuerst krabbelte Alarich aus dem Keller, dann folgten Charlotte und Peter, und zum Schluss kam Jonathan. Die Jungen setzten den Rost vorsichtig wieder ein. Dann

schlichen sie über den gepflasterten Hof und hatten schon fast ihren Eingang erreicht, als Alarich plötzlich stehen blieb und warnend die Hand hob.
Knirsch, knirsch, knirsch! Irgendjemand kam den Kiespfad entlanggeschritten, und dem Klang nach trug er schwere Stiefel. »Latchum!«, flüsterte Alarich aufgeregt. »Schnell! Über die Mauer!«
Sie stürzten zu der hohen efeubewachsenen Mauer. Wenn sie heil herüberkämen, dann wären sie sicher und in ihrem eigenen Garten.
»Unsere Glock' hat elf geschlagen. Die Nacht ist windig. Sonst alles in Ordnung.«
Alarich zog Peter gerade noch zur rechten Zeit über die Mauer. Das Geräusch von Latchums genagelten Stiefeln kam immer näher. Trab! Trab! Trab! Die Kinder schmiegten sich dicht an die Mauer und wagten kaum zu atmen. Charlotte kämpfte mit einem nervösen Kichern, doch da hörte sie ein neues Geräusch, das sie vor Schreck erstarren ließ. Es war eine Stimme – die Stimme von Sarah, und sie erklang aus der Richtung, in der der Kohlenrost liegen musste. »Alarich! Ihr habt mich eingesperrt – ich krieg dies Dingsda nicht hoch! Kommt doch und helft mir heraus!«
»Verdammt, das ist Sarah!«, keuchte Alarich. »Ich hab sie ganz vergessen gehabt.«
Latchums Fußschritte hielten inne. Sie hörten ein leises Klicken, er knipste seine Taschenlampe an. Dann hörten sie seine Schritte wieder. Er ging über die Pflastersteine zum Kohlenrost hinüber. »Nanu, nanu, was ist denn da

los? He, du da unten! Was bildest du dir denn ein, da mitten in der Nacht herumzukrauchen, he?«

Alarich fand einen Halt für seine Füße, so dass er über die Mauerkrone spähen konnte. Latchum stand mit dem Rücken zu ihm gewandt und leuchtete mit der Taschenlampe durch das Kohlengitter. Was er wohl gleich für einen Schreck bekommt, dachte Alarich, wenn er merkt, dass er sich mit einer Maus unterhält!

»Ah!«, rief Latchum aus. »Jetzt hab ich dich!« Seine Stimme klang triumphierend. Er bückte sich und hob den Eisenrost in die Höhe.

»Jetzt hab ich dich, Miss Sarah Hubble!«

»Sarah!« Alarich ließ sich auf den Rasen zurückfallen.

»Er hat sie wirklich«, flüsterte er verzweifelt, »sie muss sich gerade zurückverwandelt haben, als wir aufgebrochen sind. Arme alte Sarah! Das ist ein Schreck in der Morgenstunde!«

»Und wir sind daran schuld«, sagte Charlotte, »wir haben sie vergessen. Sie war sicher eingeschlafen. Ach, wenn wir doch nur daran gedacht hätten!«

»Ich geh hinüber«, verkündete Alarich, »ich kann sie nicht im Stich lassen.«

»Warte!« Charlotte griff nach seinem Arm. »Hör doch erst mal, was Sarah sagt. Du willst doch nicht, dass Latchum dein Laboratorium entdeckt, oder? Hör erst einmal!«

»Ah, Miss Sarah Hubble!«, fuhr Latchum mit entzückter Stimme fort. »Soso. Und was hast du um elf Uhr in der Nacht in Mr. Trinkets Keller zu suchen, he?«

Die Kinder warteten atemlos auf Sarahs Antwort. »Ach,

ich hab mich bloß umgesehen.« Sie sprach ganz von oben herab, so wie sie mit dem alten Gowdy umsprang, wenn er sie beim Pflaumenklauen erwischt hatte.

»Dich umgeschaut, wie? Und wo steckt denn dein sauberer

Herr Bruder? Kannst du mir das wohl erzählen? Ich wette, dass er auch bis über die Ohren in dieser Geschichte steckt.«

»Unfug«, antwortete Sarah, »ich bin ganz allein. Und würden Sie jetzt bitte meinen Arm loslassen, Mr. Latchum? Sie tun mir weh.« Sarahs Stimme bebte. Alarich war schon wieder drauf und dran, über die Mauer zu klettern, aber Charlotte hielt ihn wieder zurück.

»Ich hab euch Hubbles schon lang auf dem Kieker«, grollte Latchum, »lass die Leine lang, hab ich mir gesagt, dann fangen sie sich schon von allein. Und nun ist es passiert, stimmt's oder hab ich recht? Hab dich gerade im richtigen Moment erwischt. Möchte nicht wissen, was dein Großvater dazu sagt. Möchte nicht in deiner Haut stecken, Sarah Hubble, nicht für 'nen ganzen Sack voll Geld. Das kannst du mir glauben.«

»Aber das wollen Sie Großpapa doch nicht etwa heute Nacht noch erzählen?«

»Genau das will ich. Los jetzt, marsch, vorwärts!«

»Aber Mr. Latchum ...« Sarahs Stimme wurde flehend. »Alle schlafen doch! Und Bowley, ich meine Mrs. Bowles, ist verreist! Großpapa wird aus der Haut fahren!«

Alarich kicherte unterdrückt und stieß Charlotte in die Seite.

»Ja, das ist schon recht.« Latchum schien die Lage noch einmal zu überdenken. Er hatte wohl auch keine große Lust, Großvater Hubble mitten in der Nacht zu stören.

»Dann komm ich eben gleich morgen«, verkündete er schließlich drohend, »aber hüte dich, dass ich dich heute

Nacht nicht noch einmal erwische! Sarah Hubble!« Er machte auf der Stelle kehrt und marschierte davon.
Alarich beugte sich sofort über die Mauer. »Sarah!«
Sie kletterte über die Mauer und war bei ihnen. »Einen Augenblick lang hab ich gedacht, er wartet, bis ich drinnen bin«, stöhnte sie, »ein Glück, dass er weg ist, denn jetzt sind die Türen doch sicher alle verriegelt.«
»Den Mann mag ich nicht!«, sagte Peter mit jener lauten Stimme, die bei ihm das sicherste Zeichen für Übermüdung war.
»Pscht! Da bist du nicht der Einzige!«, antwortete Sarah.
Jonathan klopfte ihr den Rücken. »Brave, alte Sarah. Auf jeden Fall hat er nichts aus dir herausbekommen.«
»Ich komm trotzdem morgen Früh mit dir zu Großvater«, verkündete Alarich entschlossen, »dass heißt: wenn Latchum ihm wirklich was erzählt.«
»Vielleicht überlegt er's sich noch mal«, sagte Charlotte hoffnungsvoll.
»Das glaub ich nicht. Nicht Latchum. Er ist seit Ewigkeiten hinter uns her – du hast ja gehört, wie er es gesagt hat. Wir haben ihn auch zu oft an der Nase herumgeführt. Jetzt ist er wie der Teufel aus dem Kasten geschossen. Er kann's wahrscheinlich gar nicht abwarten, Großvater seine aufregenden Neuigkeiten brühwarm zu berichten.«
»Ich bin trotzdem froh, dass er euch nicht auch noch erwischt hat«, sagte Sarah, »der dumme alte Latchum, er läuft so langsam, dass er niemand mehr erwischt.« Sie kicherte hysterisch, und die Knie zitterten ihr. Charlotte legte ihr den Arm um die Schultern.

»Komm jetzt, du hast für heute Nacht genug. Wie kommen wir denn in das Haus, Alarich?«

»Ach, das ist ziemlich leicht, wenn ihr leise seid. Ich habe immer einen Schlüssel von der Terrassentür von Bowleys Wohnzimmer in der Tasche. Glücklicherweise verriegelt sie die Tür nie, sondern schließt sie nur ab. Immerhin ist es nur etwas für den äußersten Notfall. Großvaters Schlafzimmer liegt gerade darüber, deshalb ist es gefährlich.« Er fuhr mit der Hand in die Tasche. »Du meine Güte!« Das Licht der Taschenlampe fiel auf zwei Schlüssel in seiner Hand, der eine war klein und glänzend, der andere groß und verrostet.

»Da schlag doch einer lang hin!«, rief Jonathan. »Der Kerkerschlüssel!«

»Ich weiß wirklich nicht, was ich sagen soll. Mir scheint, ich bin an allem schuld«, stammelte Alarich verstört, »ich bin gar nicht auf den Gedanken gekommen, dass ich selber die Turmtür abgeschlossen habe. Ich muss den Schlüssel in meine Tasche gesteckt haben, und dann hab ich mich gleich in den Gedanken verrannt, dass es Miss Trinket gewesen ist.«

»Sie hätte es doch gar nicht getan haben können«, warf Charlotte ein, »wenigstens nicht in ihrem gegenwärtigen Zustand.«

»Nein, natürlich nicht. Aber ich hab gar nicht darüber nachgedacht. Ich muss gestehen, eine vollkommen unwissenschaftliche Reaktion. Echte Wissenschaftler würden niemals voreilige Schlüsse ziehen.« Seine Stimme klang vollkommen verzweifelt.

»Das sieht dir auch gar nicht ähnlich, Alarich«, sagte Charlotte tröstend, die in Wirklichkeit jedoch gar nicht so traurig darüber war, dass sich der unfehlbare Alarich wenigstens einmal in seinem Leben auch geirrt hatte. »Wir wollen dir den Fehler noch einmal verzeihen, weil du so müde gewesen bist. Und wir wollen hoffen, dass Latchum die Sache mit Sarah einfach vergisst.«

»Wenn ich daran denke, dass das alles nicht hätte passieren müssen!«, sagte Alarich verstört. »Zu verrückt! Und komisch, jetzt bin ich gar nicht mehr müde. Das ist wahrscheinlich die Aufregung. Na, wir gehen aber jetzt doch besser rein und sehen zu, dass wir noch etwas Schlaf finden.«

Überraschungen für Großvater

Charlotte wachte erst spät auf. Als sie sich im Bett aufsetzte, konnte sie sehen, dass die Sonne schon in den Gipfeln der Bäume spielte. Ein Spatz hüpfte zufrieden und selbstbewusst auf dem Fensterbrett herum, und Sarah schlief immer noch wie ein Murmeltier. Charlotte schaute auf sie hinunter. Was war sie für eine verrückte kleine Nudel! Charlotte musste sich eingestehen, dass sie anfing, sie gern zu mögen. Es würde gar nicht mehr lange dauern, dann nahm sie Sarah genauso wie Jonathan und Peter unter ihre Fittiche. Charlotte lächelte. Sie konnte fast die neckende Stimme ihres Vaters hören: »Unsere Glucke mit ihren Küchlein!« Es klopfte an die Schlafzimmertür.

»Herein!«, rief Charlotte. »Tante Carry! Bist du schon zurück? So früh?«

»Wer rastet, der rostet«, entgegnete Tante Carry lächelnd, »und früh ist es eigentlich nicht mehr, mein Schätzchen. Es ist schon nach neun. Harry hat mir erzählt, dass ihr gestern schon um sieben ins Bett gegangen seid. Was habt ihr denn gemacht, dass ihr so müde geworden seid?«

»Die Folgen meiner Kochkunst!«, sagte Charlotte lachend.

»Na, ich bin nur froh, dass ich wieder zu Hause bin«, erklärte

Tante Carry, »es hätte auch gar keinen Sinn gehabt, dass ich noch in Bradthorpe geblieben wäre. Die arme Emily ist gut versorgt, aber ich fürchte, dass sie sich von dem Schlaganfall nicht wieder erholen wird. Harry ist voll des Lobes über deine Kocherei. Mister Hubble übrigens auch.«
Sarah wurde wach und rieb sich die Augen. Tante Carry schaute sie an und runzelte dabei die Stirn. »Hoffentlich hast du nicht irgendeinen Unsinn angestellt, während ich verreist war, Sarah! Mr. Latchum hat sich heute Früh schon gemeldet, und als ich deinem Großvater das Frühstück hinaufgetragen habe, da schien er ganz aufgeregt zu sein.« Sarah schwieg.
»Und jetzt aufgestanden, mein Fräulein, du sollst Punkt zehn bei ihm oben sein. Wenn du davor noch ein Frühstück haben willst, dann musst du dich sputen.«
Charlotte drückte unter der Bettdecke Sarahs Hand. »Vergiss nicht, Alarich hat versprochen, dass er dich begleitet«, tröstete sie sie, als sie wieder allein waren.
»Ich will nicht, dass er mitkommt. Was hat das denn für einen Sinn? Er müsste Großvater dann nur vom Geheimgang erzählen und von dem Laboratorium und – ach, eben alles. Und dass er das tut, das will ich nicht. Da geh ich lieber allein.« Und dann setzte Sarah wütend hinzu: »Großvater kann sagen, was er will, ich verpetze Alarich schon nicht. Das musst du nicht denken, Charlotte.«
»Das hab ich auch gar nicht angenommen«, antwortete Charlotte sanft, »kommst du mit runter zum Frühstück?«
»Nein, danke, ich habe keinen Appetit. Aber sag Alarich kein Wort! Versprichst du mir das?«

»Na gut. Aber er wird sich sowieso danach erkundigen, oder?«
Sie wandte sich zum Gehen.
»Charlotte ...«
Charlotte drehte sich um. »Ja?«
»Ich – ich möchte gern deine Freundin sein. Möchtest du?«
Charlotte lächelte Sarah zu. »Ich auch!« Sie drehte sich um und lief schnell die Treppe hinunter.
Sarah warf einen Blick auf die Uhr. Es war fünf nach halb zehn. Ihr Herz klopfte. Sie dachte an das letzte Mal. Da war sie über den Küchenschrank geraten und hatte den Inhalt von allen Dosen und Gläsern vertauscht. Bowley war kurzsichtig und hatte den Unterschied nicht gemerkt. So hatten die Kartoffeln abscheulich süß geschmeckt und der Reispudding nach Seewasser. Großvater Hubble hatte vor Wut geschäumt. Danach war noch allerlei anderes geschehen, ach – es hatte keinen Sinn, jetzt noch weiter darüber nachzudenken. Sarah sprang auf und lief zur Kommode hinüber. Sie holte ihr Gedichtheft heraus, setzte sich dann auf die Fensterbank, und begann an ihrem Bleistift zu nagen. Weil sie selbst so niedergeschlagen war, fiel ihr auch nur ein trübseliges Gedicht ein.

Die Maus

Oh kleine schwache Quieke-Maus,
wer will dich schon in seinem Haus?
Dein Schwanz ist lang, die Augen hell,
oh, kleine Maus, du Pech-Gesell!

Die große schwarze Pfot' der Katz',
die jagt dich fort von jedem Platz.
Und rennst du auch schnell wie ein Blitz,
du kleine Maus, das ist kein Witz.

Versteck dich in der Ecke schnell,
du kleine Maus, grau oder hell,
du arme kleine Quieke-Maus,
die niemand will in seinem Haus.

Arme Sarah! Als es zehn zu schlagen begann, legte sie ihren Bleistift aus der Hand, versteckte ihr Heft, rannte über den Flur und stieß die grüne gebeizte Tür auf, die in Großvater Hubbles Wohnung führte.

Alarich erschien, als die anderen fast mit dem Frühstück fertig waren. Er gähnte aus tiefster Seele.
»Besser spät als nie«, begrüßte ihn Tante Carry, »es ist schon zehn nach zehn!« Alarich setzte sich hin und belud sich den Teller mit gebratenen Würstchen, Brot und Tomaten. Dann ließ er seinen Blick über den Tisch wandern und entdeckte den leeren Stuhl. »Wo ist denn Sarah?«, fragte er sofort.
Tante Carry goss Alarich zuerst Kaffee ein, ehe sie antwortete. »Ich habe das Gefühl, dass sie wieder etwas angestellt hat. Sie ist gerade bei deinem Großvater. Mr. Latchum ist schon früh hier gewesen ...«
»Verflixt!« Alarich ließ Messer und Gabel klirrend auf den Teller fallen. Er warf Charlotte einen wütenden Blick

zu und fragte: »Warum habt ihr das denn nicht gleich gesagt? Bitte entschuldige, Bowley, ich ...« Er stürmte aus dem Zimmer, nahm zwei Stufen auf einmal und pochte an die Tür des Arbeitszimmers.

»Herein!«, antwortete eine knappe Stimme. Großvater Hubble saß am Schreibtisch. Sarah stand mit tränenverschmiertem, aber dickköpfigem Gesicht vor ihm.

»Was willst du?« Großvater Hubble pochte ungeduldig mit seinem Stock auf den Fußboden.

»Ich – ich weiß nicht, was dir Sarah schon erzählt hat ...«

»Sarah hat mir nichts gesagt. Sie weigert sich, den Mund aufzumachen.«

»Sir, ich kann erklären ...«

»Pscht! Pscht!« Sein Großvater hob die Hand, um ihm Schweigen zu gebieten. »Keinen Sinn, mein Junge. Du brauchst gar nicht erst zu versuchen, sie wie das vorige Mal herauszupauken. Meine Geduld ist zu Ende, das ist jetzt mein letztes Wort. Sie wird bis zum Ende der Ferien zu eurer Großtante Maud geschickt. Da wird sie schon keinen Unsinn anrichten können.«

Alarich kannte Großtante Maud nur zu gut. Sie war eine strenge alte Dame, die ständig solche Redensarten wie »Wer die Rute spart, der verdirbt sein Kind!« im Munde führte. Sie wohnte in Ramsgate in einem Haus, das wie ein Museum aus der viktorianischen Zeit wirkte. Davor musste Sarah auf jeden Fall bewahrt werden.

»Aber Großpapa ...«, begann er wieder.

»Halt den Mund!«, donnerte der alte Mann. »Sarah, du gehst sofort in dein Zimmer. Ich verbiete dir, dich mit irgendjemandem zu unterhalten. Stubenarrest, bis du nach Ramsgate fährst.«

Sarah rannte wild aufschluchzend hinaus.

Alarich begann noch einmal verzweifelt von vorne: »Ich muss das richtigstellen, Sir. Ich kann beweisen, dass Sarah gar nichts getan hat. Wenn du doch nur ...«

»Was? Versuchst du immer noch, deine Schwester zu rechtfertigen?« Großvater Hubbles blaue Augen blitzten. Er deutete aufgebracht mit dem Stock zur Tür: »Kein Wort mehr! Hinaus mit dir, ehe ich ...«

»Es ist – es dreht sich nämlich um den Geheimgang, Sir«, platzte Alarich heraus.

»Was sagst du da? Was sagst du da? Geheimgang? Wenn du mich anführen willst, mein Junge ...«

»Nein, Großpapa, es ist wahr. Der geheime Gang beginnt im alten Turm im Garten und endet in Miss Trinkets Keller!« Jetzt war es heraus, und Alarich betete insgeheim darum, dass ihm die anderen Mitglieder des Forscher-Klubs den Verrat ihres Geheimnisses vergeben würden. Aber er hatte Sarah retten müssen, und er war sicher, dass ihn die anderen verstehen würden.

»Bei meiner Seele!«, knatterte Großvater Hubble. »Miss Trinkets Keller, wie? Der Fluchtweg der Royalisten!«

»Zwischen ihrem und unserem Keller ist ein gemauerter Durchgang«, erklärte Alarich, und dann fing er an, seinem Großvater alles zu erzählen.

»Das ist ja großartig!« Großvater Hubble sprang auf, als Alarich fertig war, und lief zur Tür, ohne an seinen Stock zu denken.

»Worauf warten wir denn noch? Los, los! Das muss sofort untersucht werden! Der alte Turm, wie? Bei meiner Seele!«

Alarich geriet in Panik. Er hätte fast gesagt: »Ich hab nur Spaß gemacht. Es gibt gar keinen Geheimgang.« Er dachte an sein wissenschaftliches Laboratorium und an das, was Großvater Hubble sagen würde, wenn er es entdeckte.

Aber dann dachte er wieder an Sarah und hielt sich gerade noch zur rechten Zeit zurück.

»Im Keller ist es aber kalt, Großpapa«, sagte er in der Hoffnung, den alten Herrn von seinem Plan abzubringen, »und man muss mindestens dreißig Stufen nach unten klettern. Und es ist auch schrecklich dunkel und eng und niedrig. Du wirst die ganze Zeit gebückt gehen müssen.«

»Pscht! Pscht!« Einwände dieser Art konnten Großvater Hubble jetzt nicht mehr aufhalten. »Hol mir meinen Mantel!«, befahl er, und Alarich gehorchte. »So, jetzt meinen Stock. Was ist denn das? Was ist denn das? Ein Schal? Wer braucht denn schon bei so einem schönen Wetter einen Schal, wie?«, fragte er herausfordernd. »Und jetzt los, los! Wir nehmen gleich die Treppe von meinem Balkon.« Er senkte seine Stimme zu einem heiseren Flüstern: »Möchte nicht, dass Mrs. Bowles davon erfährt, verstehst du? Prachtvolle Person, aber sie gackert immer gleich los wie ein altes Huhn.« Er ging auf Zehenspitzen durch den Flur und knöpfte sich dabei seinen alten, langen schwarzen Mantel zu. Er schien die ganze Angelegenheit zu genießen, doch Alarich folgte ihm ziemlich niedergeschlagen. Als sie den Balkon erreicht hatten, fiel Alarich plötzlich etwas ein. »Meine Taschenlampe! Ohne Taschenlampe können wir gar nichts anfangen. Ich hole sie schnell, Großpapa.«

»Schön, schön. Aber mach schnell.«

Großvater Hubble spähte misstrauisch nach allen Seiten, um sich zu vergewissern, dass niemand sie beobachtete. Alarich rannte in sein Zimmer zurück, packte die Taschenlampe, lief über den Flur und pochte an Sarahs Zimmertür.

»Herein«, sagte eine Stimme, aber es war nicht die von Sarah. Alarich trat ein. Charlotte war bei Sarah, und weil sie sich nicht miteinander unterhalten durften, waren sie übereingekommen, sich schriftlich zu verständigen, und schoben sich immer Zettel mit Sätzen zu. Sarah hatte ein Kleid an, das Alarich noch nie gesehen hatte. Es war aus hellgrüner Baumwolle und passte ausgezeichnet zu ihren schwarzen Haaren und den rosigen Wangen. Alarich stieß einen anerkennenden Pfiff aus.

»Das hab ich zum Geburtstag geschenkt bekommen, aber ich hab es nie getragen«, erklärte Charlotte, »die Farbe steht mir nicht. Ich bin zu blass, aber für Sarah ist es genau richtig, wir brauchen nur den Saum zu kürzen. Ich hab ihn gerade abstecken wollen, als du gekommen bist.«

Sarah stand auf den Zehenspitzen und starrte verzückt in den Spiegel. Es war das erste hübsche Kleid, das sie seit dem Tod ihrer Mutter anhatte. Weil sie so ein Wildfang war, hatte ihr Bowley immer Kleider aus den festesten Stoffen genäht, die sie erwischen konnte. Und obgleich sie Sarah nicht verunstalten wollte, hatte sie nach Schnitten gearbeitet, die seit ihrer eigenen Kindheit aus der Mode waren.

Sarah drehte sich um sich selbst, und der weite Rock bauschte sich um sie. »Ich bin ein Baum!« Sie drehte noch eine Pirouette: »Ich bin ein Baum im Wind!« Sie war so glücklich, dass sie ihre Strafe und alles, was vor einer halben Stunde geschehen war, vollkommen vergessen hatte.

Aber Alarich erinnerte sie wieder daran. Sie hielt mitten im Herumwirbeln inne und hörte gerade noch die letzten Worte von Alarich: »... und deshalb schaut sich Großvater jetzt mit mir zusammen den Geheimgang an.«

Sarah schnappte nach Luft. »Und was geschieht mit deinem Laboratorium, Alarich?«

Alarich zuckte verzweifelt die Schultern. Da fasste Charlotte plötzlich einen Entschluss und sagte: »Das ist zu viel für dich allein. Ich komme mit dir, und Sarah, du kommst auch mit. Ich laufe jetzt schnell los und suche Jonathan und Peter. Alle Mitglieder des Forscher-Klubs müssen dabeisein.«

Kurz darauf trafen sie sich alle bei Großvater Hubble auf dem Balkon. Er schlug mit seinem Stock einen ungeduldigen Trommelwirbel auf der Kanonenkugel: Ratata – ratata! »Und jetzt aufgepasst, mein Junge! Marsch, marsch – und nicht gebummelt!« Der unterirdische Gang hatte ihn in eine solche Aufregung versetzt, dass er die anderen Kinder kaum wahrzunehmen schien. Er stürmte die Treppe hinunter, und dann stakste er so schnell über den Rasen, dass die Kinder rennen mussten, um mit ihm Schritt halten zu können.

Gerade als sie über den versunkenen Rasen liefen, vernahmen sie ein leises Pochen aus dem Gebüsch und hörten eine vertraute Stimme, die ihnen zukrächzte: »Hallo, meine Lieben!«

Miss Trinket! Sie hüpfte auf dem Rasen und blinzelte zu ihnen empor, und sie scharten sich um sie herum und schauten zu ihr hinunter. Obgleich sich die Kinder von Herzen freuten, sie wiederzusehen, so mussten sie doch denken, dass das wieder einmal typisch für Miss Trinket war: im unpassendsten Moment aufzutauchen.

»Ich fühle mich ein wenig müde und schwach, meine Lieben«, begann sie, und dann entdeckte sie plötzlich Großvater Hubble. Sie geriet dadurch aber nicht im Geringsten aus der Fassung. »Oh, guten Morgen, Mr. Hubble! Ein herrlicher Tag, finden Sie nicht auch?«

Großvater Hubble hatte in seinem Leben noch nicht so verblüfft ausgesehen. Er stieß Miss Trinket mit seinem Stock leicht in die Seite. »Was ist denn das? Was ist denn das hier, he?«

»Das ist eine sprechende Kröte«, erklärte ihm Peter stolz.

»Es ist Miss Trinket, Sir«, stotterte Alarich. »Miss Trinket!«

Das war der zweite Schock in dieser letzten halben Stunde, und er raubte Großvater Hubble die Sprache. »Bei meiner Seele«, murmelte er nur, »bei meiner Seele!«

»Ich bin im Fluss herumgeschwommen, meine Lieben, es war herrlich!«, fing Miss Trinket wieder an. »So kühl und erfrischend.«

»Im Fluss?«, erkundigte sich Alarich mit bebender Stimme. »Aber – aber wie war das denn mit den Schwänen?«

»Schwäne? Ach, diese lächerlichen Wesen mit ihren langen Hälsen! Zu albern, sich so auffallend weiß zu kleiden, wenn man sein ganzes Leben lang im Flussschlamm zubringen muss!«

»Aber ist Ihnen denn nicht klar gewesen, dass sie Sie hätten fressen können?«

»Mich essen?« Miss Trinket stieß ein quakiges Gelächter aus. »Das sollen sie mir erst einmal vormachen! Na, wie ich eben gesagt habe ...«

»Moment mal! Moment mal!« Großvater Hubble hatte sich unterdessen wieder gefasst. »Wenn Sie wirklich Miss Trinket sind«, er stieß wieder mit dem Spazierstock nach ihr, »wie haben Sie sich denn dann in diesen Zustand gebracht, gute Frau?«

Miss Trinket schaute ihn nur unverwandt mit ihren strahlenden Augen an und redete einfach weiter: »Ich habe so eine reizende, gescheite Froschdame getroffen, wir haben uns richtig gut unterhalten ...«

»Ich dachte, Sie fänden Frösche ordinär«, unterbrach sie Alarich rüde, und Miss Trinket wandte ihm verächtlich den Rücken zu. »Natürlich habe ich wie immer gesprochen, meine Lieben, während sie – tja, das muss wohl die Froschsprache gewesen sein, die sie benutzt hat. Ich muss zugeben, dass ich kein einziges Wort verstanden habe. Aber das schien trotzdem überhaupt keine Rolle zu spielen. Ich hab ihr von meinem Urlaub in Brighton im vorigen Jahr erzählt, und sie schien sich so dafür zu interessieren. Und dann hat sie mich mit in ihre Wohnung genommen. Ich habe das Kinderzimmer gesehen – ach, meine Lieben! All diese süßen kleinen Baby-Frösche – Dutzende und Aberdutzende! Und ihr Gatte, der rücksichtslose Lump, der hat sie einfach sitzen lassen. Typisch Mann. Ich hab ihr gesagt, dass ich gar nicht begreifen könne, wie sie das alles schafft, das arme Ding. Aber sie war so wohlgemut und zuversichtlich, sie verlässt sich wohl einfach auf ihr Glück.«

Miss Trinket schnappte nach Luft. Das Reden schien sie durstig gemacht zu haben, denn sie wandte sich an Charlotte und fragte: »Hast du vielleicht eine Tasse Tee für mich?«, als ob es sich um ein Taschentuch handelt, das Charlotte so einfach aus der Tasche ziehen konnte.

Charlotte lächelte und schüttelte den Kopf. »Aber ich könnte Ihnen nach dem Mittagessen eine Thermosflasche mit Tee bringen«, sagte sie, hilfreich wie immer, »wo werden Sie denn dann sein, Miss Trinket?«

»Im Küchengarten von Mister Hubble, meine Liebe.« Sie drehte sich schwerfällig um und blickte zu Großvater Hubble empor. »In Ihrer Himbeerhecke ist es zu gemütlich. Und Ihr alter Gärtner, wie heißt er doch gleich? Ach ja, Mr. Gowdy, er scheint mich gerne um sich zu haben. Er bildet sich ein, ich fresse die Schnecken. Hahaha! Die Himbeeren munden mir besser, ja, wenn er das wüsste! Hm, himmlisch süß und saftig! Größere Sachen kann ich gar nicht essen, ich hab nämlich keine Zähne, wissen Sie. Dafür aber eine herrlich lange Zunge – seht mal!« Sie ließ sie herausschnellen. Sie war tatsächlich sehr lang, und sie war wie alle Krötenzungen nicht im Rachen angewachsen, sondern vorn im Mund.

»Hier ist jedermann über die Länge Ihrer Zunge unterrichtet, gnädiges Fräulein«, antwortete Großvater Hubble trocken, »Sie hätten sie uns nicht extra zu zeigen brauchen.«
Miss Trinket nahm diese Bemerkung nicht im Geringsten krumm. Sie hüpfte ganz im Gegenteil fröhlich auf dem Rasen herum. »Es ist zu sonderbar«, bemerkte sie dabei, »das ist wirklich das Letzte, mit dem ich gerechnet habe, meine Lieben, aber ich genieße diese Art von Leben, wahr und wahrhaftig.« Dann begann sie mit einem fürchterlichen tonlosen Quaken zu summen:

»Wo das Bienchen saugt,
da saug' auch ich ...«

»Du liebe Güte!« Alarich hielt sich die Ohren zu. »Bitte, bitte, Miss Trinket! Singen Sie nicht hier!«
»Au revoir, dann!« Sie winkte ihm vergnügt mit dem Fuß zu. »Und vergiss meinen Tee nicht, Charlotte, meine Liebe!« Damit kroch sie gemächlich fort, hielt jedoch von Zeit zu Zeit inne, um ein bisschen in der Luft herumzuspringen und an ihrem kleinen Lied weiterzuquaken.
Großvater Hubble stützte sich auf seinen Stock und starrte hinter ihr her, als ob er seinen Augen nicht mehr trauen könne.
»Sie hat überhaupt keine Angst«, stellte Alarich fast beleidigt fest, »wenn ich daran denke, was wir ihretwegen alles unternommen haben« – er berührte den Arm seines Großvaters. »Kommst du, Großpapa?«

»Kommen? Ach ja, der unterirdische Gang.« Er begann, sehr langsam weiter über den Rasen zu gehen und murmelte dabei verwundert vor sich hin: »Miss Trinket – wirklich, bei meiner Seele!«

Wie Alarich vorausgesehen hatte, musste Großvater Hubble den größten Teil des unterirdischen Ganges gebückt entlangkriechen. Aber seine Begeisterung hielt ihn aufrecht, und bald hatten sie die Maueröffnung am Ende des Ganges erreicht. Für den alten Mann war es nicht ganz einfach, auf die andere Seite zu klettern, aber weil er als ehemaliger Rugbyspieler gut trainierte Muskeln besaß, gelang es ihm schließlich nach vielen »Hu« und »Uff!« und »bei meiner Seele!«, die Hürde zu nehmen, und dann befanden sie sich alle auf dem Steinboden von Miss Trinkets Keller.

Alarich leuchtete mit der Taschenlampe, während sich Großvater Hubble umschaute. Er fuhr mit dem Stock in der Luft herum. »Ist das der Kohlenrost in Miss Trinkets Hinterhof?«

»Ja, Sir«, antwortete Alarich, »und dort hat Latchum vorige Nacht Sarah erwischt. Sie war nämlich hier unten, weil sie durch den Gang gekrochen war und ...«

»Hm, ja. Das kannst du mir später noch einmal erzählen, mein Junge. Jetzt zeig mir, wo der Durchgang zwischen diesem und dem Nachbarkeller zugemauert ist.« Während sie diese Mauerpartie gründlich untersuchten, stahl sich Peter heimlich davon. Ihm war das ganze Unternehmen langweilig geworden. Er zog den Vorhang etwas zur Seite und betrat das Laboratorium. Aber drinnen war es so finster, dass er es mit der Angst zu tun bekam. Er wollte wieder hinaus, aber er konnte den Vorhang nicht mehr finden.

Nachdem Großvater Hubble den zugemauerten Durchgang untersucht und die ganze Mauerpartie mit seinem Stock beklopft hatte, befahl er Jonathan, ihm eine Skizze anzufertigen, und dachte schließlich laut über alles nach.

»So sind sie also in den Keller hinuntergekommen«, sagte er schließlich, und den Kindern war es klar, dass er von den fliehenden Königstreuen sprach. »Dann sind sie durch diesen Keller gelaufen und von hier aus durch den Tunnel und hinaus. Den Graben konnten sie vermutlich ohne Schwierigkeiten überqueren. Zu der Zeit, als der Bürgerkrieg ausbrach, hatten schon einige Dummköpfe angeordnet, dass die Festungsgräben trockengelegt werden sollten. Und als man sie wirklich gebraucht hätte, um die Kathedrale vor Cromwells Räuberbanden zu schützen, da war der befestigte Platz offen allen Angriffen ausgeliefert. Himmel und Hölle! Wenn ich damals gelebt hätte, dann hätte die Geschichte einen anderen Lauf genommen!« Er sah mit seinem hageren, entschlossenen Gesicht, den blitzenden Augen und der im Schwung der Rede emporgeschleuderten rechten Hand so eindrucksvoll und wild aus, wie er da im Licht der Taschenlampe stand, dass Jonathan fast das Sonnenlicht auf dem nackten Schwert funkeln sehen und das Klirren der Waffen hören konnte. Und von diesem Moment an betrachtete er Großvater Hubble ebenso als Held wie die Ritter und Könige der Sagen und Märchen, wie seinen Vater und Abraham Lincoln.

»Dies ist also Miss Trinkets Keller«, fuhr der alte Mann fort, »weiß sie denn auch von dem geheimen Gang?«
Alarich nickte. »Sie weiß es genauso lang wie wir.«
»Dann verstehe ich nur das eine nicht – warum hat es keiner von euch für richtig gehalten, mich davon zu informieren? Nicht einmal du hast es getan, Alarich, dabei musst du doch genau gewusst haben, wie sehr ich ...«
Krach! Das Geräusch drang hinter dem schwarzen Vorhang hervor.
»Das klingt mir so«, sagte Großvater Hubble aufgeregt, »als ob da jemand etwas zerbrochen hat!« In diesem Augenblick tauchte Peter zum Entsetzen der Kinder aus dem Laboratorium auf. Er hatte in den kopflosen Versuchen, wieder hinauszukommen, einen Becher vom Arbeitstisch gestoßen. Noch ehe der alte Mann den Vorhang beiseite-

gerissen, Alarich die Taschenlampe aus der Hand genommen und ihr Licht in den Nachbarkeller hatte leuchten lassen, wusste Alarich genau, dass das Spiel aus war.

»Was ist denn das? Was ist denn das, he?«

»Mein naturwissenschaftliches Laboratorium, Großpapa.«

Naturwissenschaft! Das war wie das rote Tuch für den Stier.

»Naturwissenschaft!« Großvater Hubble riss Alarich das Wort von den Lippen, zerriss es in Fetzen und trampelte darauf herum. »Naturwissenschaft!« Er ließ das Wort in dem Kellergewölbe donnern und widerhallen. Dann riss er den Stock in die Höhe, und einen schrecklichen Augenblick lang dachten sie, dass er die gesamte Ausrüstung, die Flaschen und Phiolen und Gläser und Retorten splitternd und krachend vom Tisch fegen wollte. Sie hielten den Atem an. Aber dann schien er zu ihrer großen Erleichterung seine Meinung zu ändern. Er ließ den Stock wieder sinken, zog sich den Hocker vor den Arbeitstisch und setzte sich. »Gibt's hier unten kein Licht?« Seine Stimme klang nicht mehr zornig.

Alarich zündete die Petroleumlampen an, und das Licht flackerte auf Großvaters schneeweißem Haar und Schnurrbart und auf den ängstlichen Gesichtern der Kinder. »Soso, deshalb hast du mir also keinen Ton davon gesagt, he? Du bist also so auf deine Naturwissenschaften versessen gewesen, dass du dir heimlich ein Laboratorium eingerichtet hast!« Er betrachtete dabei den Arbeitstisch und die Regale, die Karten und Tabellen mit durchdringendem Blick.

»Ja, es ist wahr, ich bin auf die Naturwissenschaften versessen«, antwortete Alarich mit einem Unterton von Aufsässigkeit in der Stimme, »ich will Naturwissenschaftler werden und nichts anderes.«

»Hm!« Großvater Hubble versank einen Augenblick lang in tiefe Gedanken. Dann griff er nach etwas, das auf dem Arbeitstisch lag. Es war ein Buch, das Buch mit den geheimen Experimenten. »Was ist denn das?«

»Nur – nur ein Buch, Sir.«

»Dass es ein Buch ist, kann ich selber sehen«, sagte der alte Mann spöttisch und begann darin zu blättern. Plötzlich hielt er inne und las das eine Experiment von Anfang bis Ende durch. »Ha! Das ist also mit Miss Trinket passiert! Eine Kröte, wie? Das ist ja Zauberei! Hexenküche!« Er holte schon aus, um das Buch in die Ecke zu feuern, aber dann änderte er seine Meinung wieder und las vollkommen versunken weiter. Alarich warf einen Blick über seine Schulter und sah, dass er das Experiment Nr. 3 studierte. Er stieß Charlotte vorsichtig an, aber keiner von ihnen wagte zu sprechen.

»Außerordentlich«, murmelte Großvater Hubble, »in die Vergangenheit zurückzukehren – das ist ja unglaublich!« Er stand auf, ohne das Buch aus der Hand zu legen. Er bewegte sich wie im Rausch. »Das will ich erst mal behalten. Hochinteressant. Muss mich damit noch ein wenig gründlicher beschäftigen. Es hat doch wohl niemand etwas dagegen, wie?«

Alarich wagte nicht, Einwände zu machen.

»Hm, ja. Du kannst Sarah ausrichten, dass ihre Strafe erlassen ist.«

»Aber ich bin doch hier, Großpapa«, sagte Sarah schüchtern.
Er schien sie jedoch überhaupt nicht zu hören. Er murmelte wie jemand vor sich hin, der im Schlafe spricht. Die Kinder schnappten nur ein paar Worte auf. »In die Vergangenheit zurück! – Den Lauf der Geschichte ändern – Cromwell und seine Rebellen in den Staub treten! Bei Naseby siegen! Karl den Ersten im Triumph auf seinen angestammten Thron von England zurückführen!«
Alarich hüstelte. »Großpapa ...«
Großvater Hubble zuckte zusammen. »He? Was ist?«
»Mir fiel gerade ein«, antwortete Alarich verlegen, »es ist gleich Zeit fürs Mittagessen.«

Gute Nachrichten

Die strahlende Sommersonne warf ihr Licht schräg durch die Lindenzweige und ließ sie golden aufleuchten.
»Das wäre wieder ein Bild für dich, Jonathan«, sagte Charlotte, die sich über die Wallmauer beugte. Jonathan blickte auf die blumenbunten Wiesen, auf den Fluss, der jetzt vom Licht der untergehenden Sonne rot gesprenkelt war, und auf den nebelgrauen Turm von Sankt Martin.
»Ich habe vier Bilder gemalt, seitdem wir hier sind«, antwortete Jonathan, »wie lange ist das schon her? Warte mal, wir sind am Montag gekommen: Donnerwetter, das sind ja schon fast vierzehn Tage! Die Zeit ist schnell vergangen, nicht wahr?«
»Ich find's hier zu schön«, sagte Charlotte, die ihm gar nicht richtig zugehört hatte, »wenn man an Brindley denkt, mit all den Autos und Lastwagen und Bussen, und dann noch die vielen Neonlichter – das kommt einem gar nicht mehr wirklich vor, findest du nicht auch? Ob Vati wohl schon zu Hause ist?«, überlegte sie weiter. »Es muss ihm grässlich einsam vorkommen, Mami kann er nur in den Besuchsstunden sehen.«
Jonathan empfand plötzlich etwas Heimweh. »Ich hätte nichts dagegen, wenn's wieder wie früher wäre«, sagte er,

»Vati in seinem Lehnsessel neben dem Kamin, er raucht seine Pfeife, und Mami sitzt neben ihm, die Vorhänge sind zugezogen, und das Fernsehen läuft – aber nur so zwischendurch, mal für einen Moment«, setzte er hastig hinzu, »denn ich bin auch gern hier, und es ist viel aufregender geworden, als wir uns gedacht haben, nicht? Und jetzt, wo wir mit Alarich und Sarah auch richtig befreundet und im Forscher-Klub sind – wo ist übrigens Alarich?«

»Er ist bei seinem Großvater. Er müsste eigentlich schon wieder hier sein.«

»Höher!«, schrie Sarah hinter ihnen. »Noch höher stapeln, Peter. Und jetzt pass mal auf!« Sie sprang über den Berg von gemähtem Gras.

»Jetzt du! Du bist dran!«

Peter nahm Anlauf und landete auf allen vieren mitten im Gras.
Sarah schrie vor Wonne, und dann griff sie mit beiden Händen in das Gras hinein und streute es über Peter. Er rollte sich auf den Rücken und strampelte. Das Gras flog in alle Himmelsrichtungen.
»Hallo!«, rief da eine Stimme. Es war Alarich, und seine Backen glühten, und seine Augen leuchteten so, als ob er gute Nachrichten hätte.
»Was ist denn passiert?«, erkundigte sich Sarah aufgeregt. »Was hat er gesagt? Erlaubt er's dir?«
»Du lässt mich ja gar nicht zu Wort kommen!« Alarich ließ sich unter einem Baum auf die Wiese fallen. Die anderen hockten sich neben ihn. »Ja, ich hab mich lange mit Großpapa unterhalten«, begann er, »ich muss schon sagen, er ist ja doch riesig anständig. Er hat gesagt, dass ihm nie klar gewesen sei, wie sehr ich mich für die Naturwissenschaften interessiere. Das hätte er erst gemerkt, als er heute Früh mein Laboratorium gesehen habe. Aber jetzt ist's ihm klar. Nächstes Jahr muss ich mich in der Schule entscheiden, welchen Zweig ich wähle. Und wisst ihr was?« Alarich lächelte zufrieden. »Er hat mir erlaubt, dass ich Naturwissenschaften nehme, Physik, Chemie, all so was.«
»Hurra!« Sie klopften Alarich auf den Rücken.
»Aber das ist noch nicht alles. Er hat gesagt: ›Warum verkriechst du dich denn in Miss Trinkets Keller, wenn wir in unserem eigenen Haus genug Platz für dich haben?‹ Er ist natürlich wegen dem Geheimgang ganz aus dem

Häuschen. Das ist jetzt so eine Art Belohnung dafür, dass wir ihn entdeckt haben.«

»Er macht sich noch«, neckte Charlotte, »als Nächstes wird er elektrische Leitungen legen lassen. Das wär doch himmlisch für Tante Carry.«

»Na, so weit wird er's schon nicht treiben! Aber er macht sich wirklich: Er will Mitglied des Forscher-Klubs werden.«

»Was?«, schrien sie alle durcheinander.

»Obwohl er nichts von den Naturwissenschaften hält?«, fragte Charlotte erstaunt.

»Wir wollen keine Erwachsenen im Klub haben!«, protestierte Sarah heftig. »Sie bringen immer alles durcheinander. Denk doch nur, was Miss Trinket angestellt hat!«

»Und was hast du gemacht?«, konterte Alarich. »Ich hab ihm ohnehin gesagt, dass ich ihm keine verbindliche Antwort geben kann. Ich müsste erst die anderen Klub-Mitglieder fragen.«

»Das ist ja Erquetschung – oder wie heißt das richtig?« Sarah schaute hilfesuchend zu Charlotte hinüber.

»Erpressung?«, schlug Charlotte vor.

»Ja, Erpressung. Wie du's von Miss Trinket gesagt hast. Er hält dir die Naturwissenschaften vor die Nase, damit du ihn in den Klub aufnimmst.«

»Nein, wir müssen gerecht sein«, antwortete Alarich, »Großvater hat ausdrücklich gesagt, dass das keine Rolle spielt. Ich darf auf jeden Fall Naturwissenschaften wählen.«

Plötzlich verkündete Jonathan, der die ganze Zeit den Mund gehalten hatte: »Also ich sage Ja.«

Sie starrten ihn alle erstaunt an.
»Nur weil er genauso ein Geschichtsnarr ist wie du?« Jonathan zupfte Charlotte am Haar.
»Wenn wir ihn aufnehmen, dann muss er aber tun, was ihm gesagt wird«, sagte Charlotte mit fester Stimme.
»Daran ist Großpapa nicht gewöhnt«, entgegnete Alarich, »er übernimmt immer die Führung. Ich wette, dass er bei uns auch die erste Rolle spielen will. Na, wir können eigentlich nur abstimmen. Und das können wir wiederum nicht tun, ohne dass wir eine Sitzung einberufen und ihn dazu einladen. Ich schlage vor, wir legen sie auf morgen – zwei Uhr im Laboratorium. Einverstanden? Ja, und jetzt ist noch etwas zu besprechen. Ich finde, wir müssen dies alles feiern.«
»Feiern?«, erkundigte sich Charlotte. »Meinst du damit: eine Party?«
»Ja. Den Anlass geziemend würdigen. Warum schließlich nicht? Dass ich mir meine Ausbildung selbst wählen darf, das ist für mich mehr als Geburtstag. Wir sollten uns etwas Besonderes ausdenken.«
»Das ist eine prima Idee«, stellte Jonathan fest.
»Gut, hat jemand Vorschläge?«
Sie dachten einen Augenblick lang angestrengt nach.
»Also, ich weiß was, was ich mir schon immer gewünscht habe«, sagte Jonathan schließlich, »aber irgendwie hat es noch nicht geklappt.«
»Was ist das denn?«
»Eine Mitternachtsparty!«
Alarich brach in Gelächter aus.

»Und du meinst, du hast noch keine gehabt?«, erkundigte sich Sarah erstaunt. »Es war doch ununterbrochen etwas los um Mitternacht.«
»Na, auf jeden Fall ist es eine gute Idee«, gab Alarich zu, »was hältst du davon, Charlotte?«
»Wir müssen nur auf Latchum aufpassen!«, sagte Charlotte, die an ihr letztes Mitternachtsabenteuer denken musste. Da schlug sich Alarich auf das Knie. »Ich hab's! Ja, wir machen eine Mitternachtsparty. Aber keine gewöhnliche, oh nein! Etwas ganz Besonderes. Wartet nur ab, ihr werdet schon sehen.«
Sie blieben auf dem Rasen sitzen und machten Pläne, bis das Zwielicht seine Schatten zwischen den alten Bäumen zu weben begann. Da warf Alarich einen Blick auf seine Uhr. »Oh, gleich ist Abendbrotzeit.«
Sie schlenderten gemächlich den Bischofsgang entlang zum Haus hinüber. Als sie die letzte Linde hinter sich gelassen hatten, blieb Jonathan plötzlich stehen und wies mit der Hand geradeaus. »Seht doch, das blaue Auto vor dem Haus – das sieht ja wie unseres aus.«
»Das ist Vati! Das ist Vati!«, schrie Peter.
Und in dem gleichen Moment begannen die Domglocken wie zur Begrüßung zu läuten.

Dann saßen sie alle um den Abendbrottisch herum. Tante Carry und Harry, die fünf Kinder und Vater. Charlotte schaute sich um.
Die Kerzen schienen wärmer zu leuchten, und der ganze Raum wirkte traulicher und schöner, weil Vati mit Peter

auf dem Schoß mit ihnen am Tisch saß. Wenn doch auch die Mutter dabeisein könnte …

»Wie lange kannst du bleiben, Vati?«, erkundigte sich Jonathan eifrig.

»Leider nur bis morgen Früh«, antwortete der Vater, »dann fahr ich zurück, denn am Nachmittag kann ich Mutter wieder im Krankenhaus besuchen. Aber ich habe gute Nachrichten für euch mitgebracht. Dr. Fisher hat gesagt, dass ich sie Ende des Monats aus der Klinik holen kann. Nein, eine Minute, Jonathan, unterbrich mich noch nicht. Es geht Mutter viel besser, aber sie ist noch nicht kräftig genug, um gleich ganz nach Hause zu kommen. Ich bringe sie erst noch ein paar Monate lang in ein Erholungsheim an der Südküste. Das wird sie endgültig auf die Beine bringen, und dann ist sie wieder ganz die Alte. Und ich glaube doch, dass wir jetzt das tun müssen, was für Mutter am besten ist. Es hängt nur davon ab …«

»Von was, Vati?«, erkundigte sich Charlotte.

»Ob ihr bereit seid, bis zum Ende des Jahres hierzubleiben. Ich habe mich schon mit Mr. Hubble und mit eurer Tante unterhalten. Sie würden sich freuen, wenn ihr hierbliebt. Aber was sagt ihr selbst dazu?«

»Wenn es für Mami das Beste ist«, antwortete Jonathan wie aus der Pistole geschossen, »dann sag ich Ja.«

»Ich auch«, setzte Charlotte hinzu.

»Hurra!« Sarah sprang auf, rannte um den Tisch und umarmte Charlotte so heftig, dass sie fast den Becher mit Kakao umgestoßen hätte. »Ihr bleibt bei uns! Ihr bleibt bei uns! Hurra!«

»Ich freu mich auch«, sagte Alarich herzlich.
Tante Carry strahlte über das ganze Gesicht. »Du wirst es kaum glauben, Fred«, sagte sie zu Vater, »aber zuerst war ich ganz verzweifelt, weil ich dachte, dass sich diese Kinder nie verstehen würden. Und sieh sie dir jetzt an!«
»Dickste Freundschaft«, bemerkte Harry schmunzelnd.
»Noch ein bisschen Tee, Fred? Harry?« Tante Carry hob den Teetopf hoch.
»Ach, du liebe Zeit, das hätt ich fast ganz vergessen«, sagte Charlotte, ohne nachzudenken, »ich hab doch der armen Miss Trinket eine Tasse Tee versprochen. Aber unterdessen ist so viel passiert, dass ... oh!« Ihr Gesicht färbte sich langsam knallrot, und Alarich, der rechts von Charlotte saß, wusste gar nicht, wohin er schauen sollte. Er flehte nur insgeheim darum, dass Peter jetzt kein Gespräch über sprechende Kröten anfinge.
»Ich weiß gar nicht, was du meinst, mein Schätzchen«, antwortete Tante Carry, »ich hab Miss Trinket eben gesehen. Sie ist gerade von ihrer kleinen Reise nach Brighton zurückgekommen. Offensichtlich hat Mr. Trinket einen Dosenöffner ausgeliehen, während ich fort war, und sie hat ihn mir zurückgebracht. Wieso hast du ihr denn eine Tasse Tee versprochen?«
Harry rettete Charlotte unbeabsichtigt aus der Klemme. »Ich kann mir schon denken, was sie meint«, sagte er und lächelte Charlotte zu, »sie hat so eine gute Seele, dass sie Miss Trinket wahrscheinlich mit einer schönen heißen Tasse Tee begrüßen wollte.«
»Das ist ja eine reizende Idee, und so nachbarschaftlich«,

sagte Tante Carry erfreut. Charlotte wurde noch röter. Tante Carry fuhr fort: »Aber ich glaube, Miss Trinket hat sich jetzt schon selber einen Tee gekocht, und für den armen alten Mr. Trinket auch. Ich glaube, er ist heilfroh, dass sie zurückgekommen ist.« Sie lachte. »Die Männer merken immer erst so richtig, was sie an uns Frauen haben, wenn wir sie für kurze Zeit sich selbst überlassen. Übrigens, Jonathan, Miss Trinket hat dir etwas mitgebracht. Es liegt hinter dir, auf meiner Kommode.« Es war ein langes, schmales Päckchen. Jonathan öffnete es und hielt dann erstaunt die Luft an. Darinnen lagen fünf rosige Klippensteine. »Felssteine!«, rief er entzückt. »Sieh doch, Alarich, echte Steine aus Brighton! Wie hat sie denn bloß ...« Er sah Alarichs warnenden Blick und unterbrach sich mitten in der Frage.

»Ich weiß gar nicht, warum du dich so anstellst, mein Schatz«, warf Tante Carry ein, »in Brighton kann man diese Steine schließlich an allen Ecken und Enden kaufen.«

Alarich tat so, als ob er Charlotte das Salz hinüberreichte, und flüsterte dabei: »Sie ist gerissener, als ich dachte«, womit er natürlich Miss Trinket meinte.

Im gleichen Moment reichte Tante Carry Jonathan Würstchen, die in einem Pfannkuchenteig gebacken waren. Dies Gericht nennt man Kröte im Loch, und es zischelte und brutzelte noch in seiner großen, schweren altmodischen Auflaufform. »Nimm dir noch einen Löffel von der Kröte im Loch, mein Herz«, sagte Tante Carry dabei.

Kröte im Loch! Zuerst die Tasse Tee, dann die Steine aus Brighton und dann noch dieses – das war für die arme

Charlotte zu viel. Sie stieß ein unbeherrschtes schluchzendes Kichern aus. Sofort warf Alarich den Kopf zurück und brüllte einfach los, und schließlich fiel auch Jonathan erleichtert ein. Zum Schluss stimmte auch noch Peter in das Gelächter ein, weil alle anderen lachten.

Nur Tante Carry schaute etwas verstört drein. »Was gibt's denn da zu lachen? Weißt du, um was es geht, Harry?«

»Keine Ahnung«, antwortete Harry friedlich.

»Offenbar irgendein Privatspaß«, vermutete der Vater lächelnd.

Das Mitternachtsfest

Der Forscher-Klub traf sich, wie angeordnet, am Sonntag um 14.00 Uhr im Laboratorium.
»Setz dich, Großpapa.« Alarich rückte einen der Rohrsessel für ihn zurecht.
»Hm, hm. Danke schön, mein Junge.« Großvater Hubble ließ sich nieder. Dann holte er etwas aus der Innentasche seines Mantels und gab es Alarich. Es war das Buch mit den Experimenten. »Höchst interessant. Hm, hm. Solltest aber vorsichtig damit umgehen, mein Junge. Gefährliches Zeug. Habe bemerkt, dass Miss Trinket ihre – hm – ursprüngliche Gestalt wieder angenommen hat. Kann nicht behaupten, dass es ein Vorteil ist. Um vier Tage herum, wie? Außergewöhnlich!«
Alarich schlug mit einem Lineal auf den Arbeitstisch. »Zur Tagesordnung!«, verkündete er laut, damit Großvater Hubble wusste, wer hier das Wort führte. Falls sich Alarich von der Gegenwart seines Großvaters gehemmt oder beeindruckt fühlte, so verstand er es gut, das zu verbergen. Nur seine Ohren waren etwas röter als gewöhnlich.
Er räusperte sich, rückte dann seine Brille zurecht, warf einen Blick auf Charlotte, die als Schriftführerin einen

Notizblock auf dem Schoß hielt, und begann: »Ähem! Zuerst die Anwesenheitsliste: Peter Vaughan?«

Keine Antwort. Alarich schaute sich suchend um. Er konnte nur Peters Beine entdecken, der Rest steckte unter dem Tisch.

»Komm unter dem Tisch hervor und setz dich ordentlich hin!«, befahl ihm Charlotte.

»Ich suche die sprechende Kröte«, schimpfte Peter. Alarich zuckte die Schultern und fuhr fort: »Sarah Ann Elizabeth Hubble?«

»Anwesend«, sagte Sarah mit wichtiger Stimme.

»Jonathan Frederic Vaughan?«

»Ja.«

»Charlotte Susanne Vaughan?«

»Ja.«

»Alarich St. John James Hubble?« Wieder keine Antwort. Alarich schaute auf. »Warum kannst du denn nicht ...?«

»Aber das bist du doch selber!«, rief Jonathan und grinste dabei von einem Ohr zum anderen.

Alarich fuhr zusammen. Seine Ohren wurden jetzt knallrot, und er klappte sein Heft hastig zusammen. »Alle Mitglieder des Forscher-Klubs sind anwesend.« Er holte tief Luft. »Ich habe diese Sitzung einberufen, weil wir den Antrag von Großpapa – eh, ich meine, von einem Herrn, der uns allen bekannt ist, zu diskutieren haben. Ob er sich freundlicherweise erhebt?«

»Hm! Aber gerne.« Großvater Hubble stand auf.

»Wie sind Ihre Vornamen, Sir?«, fragte Alarich, obwohl er sie selbstverständlich alle wusste.

»Richard Aldhelm Sebastian James«, antwortete Großvater Hubble gemessen, wobei er an seinem buschigen weißen Schnurrbart zupfte.

»Wer übernimmt die Bürgschaft ... was ist denn, Charlotte?«

Charlotte wedelte aufgeregt mit dem Bleistift in der Luft herum. »Ich hab den zweiten Vornamen nicht mitbekommen.«

»Aldhelm«, wiederholte Großvater Hubble, »nach St. Aldhelm, dem ersten Bischof von Sherborne.«

Charlotte schrieb hastig mit.

»Wer übernimmt die Bürgschaft für den ersten Bischof von ... Ich meine, für Mister Hubble?«

Jonathan sprang auf. »Ich übernehme sie.«

»Bravo, mein Junge!« Großvater Hubble drehte sich um und schüttelte ihm die Hand.

»Zur Geschäftsordnung!« Alarich schlug wieder mit dem Lineal auf den Tisch. »Jetzt müssen wir abstimmen.«

»Er hat noch keinen zweiten Bürgen«, warf Charlotte ein.

»Wer übernimmt die zweite Bürgschaft?«, fragte Alarich.

»Ich übernehme sie«, entgegnete Charlotte unerwartet.

»Gut. Und jetzt muss ich Sie bitten, Sir, sich in den benachbarten Keller zurückzuziehen.«

»Hm. Gut, gut.« Großvater Hubble zog sich zurück.

»Wer für ihn stimmt, der hebe die rechte Hand.«

Charlotte und Jonathan hoben die Hand. Peter machte es ihnen nach.

»Nicht beide Hände, Peter, nur eine«, zischte ihm Charlotte hastig zu.

»Das wären drei zu eins«, stellte Alarich leicht erschüttert fest.

»Das ist nicht gerecht«, warf Sarah mit lauter Stimme ein, »Peter weiß ja gar nicht, was er ...«

»Zur Ordnung!«, unterbrach sie Alarich mit gewichtiger Stimme. »Du kannst ihn wieder hereinbitten, Jonathan.«

Großvater Hubble trat wieder ein.

»Ich kann Ihnen die freudige Mitteilung machen, Sir«, sagte Alarich, »dass Sie zum Mitglied des Forscher-Klubs gewählt worden sind. Erheben Sie jetzt bitte Ihre rechte Hand, und sprechen Sie mir nach: Ich gelobe, ein getreues

Mitglied dieses Klubs zu sein und seine Geheimnisse zu wahren ...«

Es war Montagmorgen. Die letzten Dampfschwaden trieben noch unter der Decke des Laboratoriums, aber das Gebubbel in dem großen schwarzen Kessel war schon so weit abgekühlt, dass man es benutzen konnte. Alarich tauchte seinen Schwamm in die dicke grüne Brühe und trug sie sorgfältig auf Jonathans Schuhe auf. »Heute Nacht haben wir Vollmond«, sagte er dabei, »hoffentlich bleibt es klar.«

»Ich wünschte, wir hätten deinen Großvater auch eingeladen«, antwortete Jonathan, »es kommt mir irgendwie nicht fair vor. Er ist doch jetzt schließlich Klub-Mitglied.«

»Er würde sich nur erkälten«, wehrte Alarich ab, »und sag mal ehrlich, kannst du dir Großpapa vorstellen, wie er mit seinem großen schwarzen Mantel durch die Lüfte flattert? Und außerdem hätte er doch gar nicht mitmachen können, weil er für ein paar Tage verreist.«

»Er verreist?«, wiederholte Sarah überrascht.

»Ja. Ich hab gehört, wie Bowley nach dem Frühstück mit Harry darüber gesprochen hat. Bowley war deswegen ganz aus dem Häuschen, weil Großpapa fast nie verreist. Sie hat gesagt, er wolle nicht einmal mit Adelaide fahren. Er ist entschlossen, mit der Bahn zu verreisen.«

Charlotte, die gerade einen großen Picknickkorb vollpackte, hielt einen Augenblick in der Arbeit inne und warf Alarich einen verstörten Blick zu. »Oh Alarich, du glaubst doch nicht, dass er ...« Sie verstummte.

»Dass er was? Dass er den Verstand verloren hat? Das glaub ich nicht. Ich bin sicher, dass es mit seinem Buch zusammenhängt. Vielleicht ist er mit seinem Verleger verabredet.«

Daran hatte Charlotte freilich nicht gedacht gehabt. Aber sie beschloss, trotzdem den Mund zu halten, denn sie konnte sich ja auch irren. »Was ist denn hier drin?«, erkundigte sie sich, während sie Sarah ein Riesenpaket abnahm.

»Schokoladenkekse und Makronen«, erklärte Sarah.

»Aber ich hab keinen Platz mehr«, protestierte Charlotte.

»Was hast du denn schon drin?«, fragte Alarich, denn während er das Gebubbel gesotten hatte, waren die anderen einkaufen gegangen.

»Würstchen in Teig, Schinkenbrote, Ingwernüsse«, zählte Sarah auf, »Rosinenbrötchen, Cremeschnitten, Hefegebäck, Bananen, Äpfel, Kekse, Limonade, Knusperflocken.«

»Du meine Güte! Der Korb muss ja eine Tonne wiegen.« Alarich stellte Jonathans Schuhe hin, lief quer durch den Raum und versuchte ihn hochzuheben. Er runzelte die Stirn. »Das hab ich mir gedacht. Schwer wie ein Elefant. Selbst wenn Jonathan und ich ihn zusammen tragen, kommen wir vielleicht gar nicht hoch.« Er dachte einen Augenblick lang nach. »Ich hab's! Wir bestreichen einfach den Boden vom Korb auch mit dem Gebubbel. Dann müsste er sich eigentlich selber tragen. Ja, das müsste klappen.«

»Gescheit!«, sagte Charlotte mit spöttischer Bewunderung.

»Geschenkt!«, erwiderte Alarich, der sich wieder vor sein

Gebubbel setzte. »Gib mir lieber deine Schuhe. Mit Jonathans bin ich fertig.«
Er rührte das Gebubbel noch einmal gründlich mit dem hölzernen Löffel um, pfiff dabei zufrieden vor sich hin und bemerkte deshalb die atemlose Stille gar nicht, die sich plötzlich im Keller ausbreitete. Während er den Schwamm in das Gebubbel stippte, rief er: »Die Nächsten!«, und streckte die Hand aus, ohne sich umzuschauen.
Jemand gab ihm einen Schuh. Alarich musterte ihn erstaunt. Er war ziemlich klein, aus schwarzem Wildleder, und er war mit einer Silberschnalle geschmückt und hatte einen hohen Absatz. »Hast du keine anderen – ich meine, ein bisschen vernünftigere Schuhe, Charlotte?«, fragte er protestierend. »Diese verlierst du ja!«
»Ich kann sie ja mit einem Bindfaden festbinden, mein Lieber«, trillerte eine Stimme.
Alarich schaute entsetzt auf und sah Miss Trinket, die erwartungsvoll vor ihm stand. Der Schuh fiel Alarich aus der Hand. Platsch – er landete genau im schwarzen Kessel im Gebubbel. Miss Trinket stieß einen kleinen Schrei aus. Dann beugte sie sich rasch vor und warf den zweiten Schuh auch noch ins Gebräu. »Da hab ich aber Glück gehabt, mein Lieber!«, rief sie selig.

»Unsere Glock' hat zwölf geschlagen, 's ist Vollmond, und die Nacht ist klar!«, erklang der Ruf des Nachtwächters. Latchums Nagelschuhe knirschten auf dem Kies. Dann tauchte seine große sonderbare Figur neben Hubbles Gartenmauer auf. Er blieb einen Augenblick lang stehen und ließ das Licht seiner Taschenlampe hierhin und dahin und in alle schattigen Winkel und Ecken wandern. Seitdem er Sarah im Keller von Miss Trinket auf frischer Tat ertappt hatte, hatte es keinen Ärger mehr mit den Hubbles gegeben, aber er schlenderte trotzdem wie in jeder Nacht zum Haus hinüber und leuchtete zur Sicherheit einmal durch das Kohlengitter. Alles war still. Latchum stieß ein zufriedenes Grunzen aus und trabte davon, wobei ihm sein Schatten dicht auf den Fersen blieb. Er hatte nicht einmal einen flüchtigen Blick in Miss Trinkets Küchenfenster geworfen, wo ihm hinter der Tüllgardine und den beiden Blumenstöcken eine Reihe von Personen aufmerksam mit den Augen gefolgt waren.

Jetzt öffnete sich die Küchentür, und sechs Schattengestalten schlichen heraus. Zwei von ihnen trugen einen schweren Korb.

»Sind Sie sicher, dass Ihre Schuhe ordentlich sitzen, Miss Trinket?«, erkundigte sich Alarich das dritte Mal.

»Aber ja, mein Lieber, ganz sicher und fest. Ich kann sie nicht verlieren. Du hast den Bindfaden ja selber festgebunden.«

»Mit Seemannsknoten«, bestätigte Alarich, »ach, und übrigens: Ob Sie Ihren Hut nicht vielleicht lieber absetzen?«

Die Kinder starrten Miss Trinkets Hut benommen an. Diesmal war es eine üppige pflaumenfarbige Angelegenheit, die ungefähr die Gestalt einer Napfkuchenform besaß und von einer riesigen dottergelben Schleife gekrönt war. Um das Ganze herum wehte noch ein Schleierchen mit kleinen schwarzen Pompons, was so aussah, als ob jemand eine Handvoll Rosinen über Miss Trinket gestreut hätte. Dieses Prachtstück absetzen – Miss Trinket hielt beide Hände schützend über ihren Hut. Sie hatte ihn doch extra für diesen Anlass erstanden, und sie hatte noch dazu drei Stunden lang bei Madame Brown in der Hauptstraße einen Hut nach dem anderen aufprobiert, bis sie sich schließlich für diesen entschieden hatte. »Hutnadeln!« Sie schoss plötzlich in die Küche zurück und kehrte im Nu mit Hutnadeln zurück, die so lang und spitz wie Bratspieße waren. Sie stieß sie sich geschwind von hinten durch Hut und Haar, griff dann nach etwas, das neben der Hintertür an die Mauer gelehnt stand, und girrte: »Jetzt bin ich aber ganz und gar fertig, meine Lieben!«

»O nein, das bitte nicht!«, sagte Alarich entschieden. »Stellen Sie das wieder zurück, Miss Trinket, aber sofort. Wir sind zwar damit einverstanden, dass Sie diesmal mit uns kommen, aber ohne das Ding da. Das ist mein letztes Wort.«

»Na gut«, gab Miss Trinket nach und lehnte den Besen wieder an die Wand. »Ich hatte nur gedacht, dass es ganz passend wirken würde, ihr versteht schon.«

»Nicht im Geringsten! Und jetzt, bitte folgt mir alle!«

Alarich wandte sich nach links und ging den schmalen gepflasterten Pfad entlang, der vom Domplatz fortführte. Satans geschmeidige schwarze Gestalt huschte wie ein Schatten vor ihnen her und verschwand über die Gartenmauer. Da begann plötzlich eine Eule ganz in ihrer Nähe zu heulen – ihr »Uhu« klang so laut und sonderbar, dass sie alle zusammenfuhren.

»Ein Uhu!«, stellte Charlotte überrascht fest. »Das ist der Erste, den ich hier gehört habe.«
Nach ein paar Kurven und Schleifen mündete der Pfad auf den Weg, in dem die Hütte des alten Gowdy im dichten Schatten der Bäume stand. Sie blieben unter einer Laterne stehen, die ihr mildes Licht auf die Straße warf. Dutzende von Motten und Mücken umschwirrten den Glaszylinder, und immer wieder prallten kleine Käfer dagegen: Ping – Ping. Ein alter efeuumrankter Baum neben dem Zaun knarrte und seufzte, und dann erklang wieder der Ruf des Uhus.
»Man könnte denken, er folgt uns«, sagte Charlotte und zitterte vor Aufregung.
»Alles in Ordnung!«, verkündete Alarich schließlich. Peter klammerte sich an Charlottes Hand, und dann stießen sie sich ab und waren in der Luft. Zuerst bewegten sie sich noch im Schatten der großen Bäume, aber sie klommen mit jedem Schritt höher. Immer höher ... Und dann schwebten sie plötzlich im hellen Mondlicht, das sie in lichten freundlichen Wogen umfloss. Die ganze Welt verwandelte sich in eine mächtige Schale voll Mondesglanz, und die Bäume, die Häuser, das Rathaus und der Marktplatz, ja selbst der Dom lösten sich in dunkle Schatten auf, die auf dem Grunde des Silbermeeres leise bebten. Da glitt Alarich durch die Luft – er hatte ein Stück Bindfaden in seiner Tasche entdeckt und um den Griff des Korbes geschlungen, so dass er ihn jetzt hinter sich herziehen konnte. Charlotte und Peter schwebten Hand in Hand, und Peter sah in seinem roten Pyjama wie ein Rotkehl-

chen aus. Sarah tanzte und drehte sich in ihrem neuen grünen Kleid wie eine Baumnymphe durch die Luft, und Miss Trinket begann, ebenfalls den Zauber der Nacht zu genießen, nachdem sie ihre Sorgen um Schuhe und Hut überwunden hatte.

Und Jonathan? Er glitt noch vor den anderen in das mitternächtliche Blau hinauf. Immer höher! Und dann murmelte er die Worte der Zauberformel und fuhr wieder herab. Das war ein Gefühl, als ob man auf einem Schlitten den steilen verschneiten Berg herabsauste, nur viel langsamer und sanfter, so dass man sich in Ruhe umschauen konnte. Er sah, wie sich das silberne Licht in Wellen vor ihm teilte, er sah über das Pfeiferfeld hinüber und weit über den Wald, er sah das ganze Land, sah die schlafenden Dörfer, blickte über ferne Berge, und alles leuchtete und glänzte so klar wie Kristall, und es glitt unter ihm hin, bis es auf dem tiefsten Grunde des Mitternachtsmeeres ertrunken war.

Wenn ich das doch jetzt malen könnte, dachte Jonathan, und ein Schatten von Trauer fiel auf seine Freude, denn er wusste, dass es ihm nie gelingen würde. »Ich möchte mich jetzt gern ein wenig ausruhen«, verkündete Miss Trinket. Das waren die ersten Worte, die einer von ihnen sprach. Sie setzte sich auf den festen Ast einer Ulme, und die anderen gesellten sich zu ihr, stellten den Picknickkorb zwischen sich und waren einen Augenblick lang ganz still, um die Geräusche der Nacht aufnehmen zu können. Dann klappte Alarich den Korb auf, und das Fest begann. Wie anders alles schmeckt, wenn man es um Mitternacht im Freien isst. Und wie aufregend, wenn man zwanzig Meter über der Erde auf einem Ast hockt, die Beine ins Nichts hängen lässt und dazu eiskalte Limonade aus Pappbechern trinkt.

»Ich habe gesehen, dass du die Steine bekommen hast, die ich dir aus Brighton geschickt habe«, bemerkte Miss Trinket, während sie den Korb gründlich untersuchte und sich das dritte Würstchen in Blätterteig nahm.

»Ach ja, das erinnert mich daran«, sagte Alarich, »dass ich Sie fragen wollte, wie Sie das geschafft haben!«

Aber Miss Trinket spitzte nur die Lippen. Es gelang ihr, überaus geheimnisvoll auszusehen, obgleich sie mit vollen Backen kaute. Sarah konnte der Versuchung nicht widerstehen. Sie streckte vorsichtig die Hand aus und zog ganz leicht und sachte eine Hutnadel nach der anderen heraus.

»Ach, verraten Sie es uns doch!«, bat Alarich.

»Ihr könnt wirklich nicht verlangen, dass ich alle meine Geheimnisse preisgebe, meine Lieben«, girrte Miss Trinket und nickte dabei selbstgefällig mit dem Kopf. Ein kleiner Windstoß fing sich in ihrem neuen Hut, hob ihn hoch, ließ ihn treiben, und dann schwebte das Gebilde in die Dunkelheit davon. Miss Trinket stieß einen Schreckensschrei aus und versuchte, ihm mit den Augen zu folgen.

»Vielleicht findet ihn ein Vogel und baut sich darin sein Nest«, spottete Sarah zur Wonne der anderen Kinder.

Und gerade in diesem Moment ertönte unerwartet nahe und laut ein gutturales Kichern. Sie drehten sich alle auf einmal um und wären fast vom Ast gefallen. Denn direkt neben ihnen saß ein Uhu. Seine weißen Brustfedern leuchteten im Mondlicht, und er starrte sie unverwandt mit seinen großen, runden leuchtenden Augen an. Sie starrten zurück: Erinnerten diese Federn, die den weißen Schnabel fast verbargen, nicht an einen buschigen Schnurrbart? Und dann die Art, in der er den Zweig mit seinen mächtigen Klauen umklammert hielt, sah das nicht aus, als ob er einen Stock in der Hand hielte? Und schließlich die Augen – wach, klug und ein wenig wild, erinnerten sie nicht an ...

Da öffnete der weiße Uhu seinen Schnabel und sprach: »Hm, hm, was soll denn das? Was soll denn das?«

Sie hielten den Atem an. Dann platzte Alarich heraus: »Du liebe Güte, das kann doch nicht sein – das bist doch nicht du, Großpapa!«

Aber er war es.

DIE ZEIT empfiehlt:
Zauberei im alten Haus

Dieses Buch entstand in England, der Heimat jener Geschichten, für deren Kennzeichnung »Phantasie« noch mit Ph und ie anstelle des heute gebräuchlichen »Fantasy« verwendet wurde, und am Ort der Handlung hätte auch Miss Marple daheim sein können: einem alten, einem wirklich alten Haus am Domplatz, das ein Geheimnis aus der Zeit von Oliver Cromwell birgt. Dort finden sich eine neugierige alte Jungfer, ein Buch mit Zauberformeln, ein Nachtwächter, der die Stunde ausruft.
Das Haus gehört einem strengen Großvater, der seit Jahren an einem Buch über die historische Vergangenheit der Kathedrale schreibt und neumodisches Zeug wie Elektrizität in seinem Hause nicht duldet.
Alarich, der Enkel, ist aber geradezu versessen auf das Moderne, vor allem auf die Naturwissenschaften, die ihm sein Großvater voraussichtlich nie zu studieren erlauben wird. Alarich lebt seit einem Verkehrsunfall, bei dem seine beiden Eltern umgekommen sind, mit seiner Schwester Sarah beim Großvater, versorgt von einer Haushälterin, Mrs. Bowles, und hat sich heimlich im Keller ein Laboratorium eingerichtet. Darin betreibt er freilich mit Sarah, die ebenso erfindungsreich wie unberechenbar ist, keine neumodische Wissenschaft, sondern erst einmal ganz altmodische Hexerei. Denn die Kinder haben ein Zauberbuch, natürlich auch uralt, gefunden und kochen sich aus Dutzenden von Kräutern und anderen Zutaten einen

Sud, der die unterschiedlichsten magischen Wirkungen hervorruft: Alarich zum Beispiel ist gerade ein schwarzer Kater, als drei weitere Kinder zu Besuch kommen: Mrs. Bowles' Enkel, deren Mutter lange im Krankenhaus liegen muss und deren viel beschäftigter Vater die Kinder nicht versorgen kann.
Besonders Sarah schaut dieser unerwarteten Einquartierung mit Widerwillen entgegen, denn wie sollen Alarich und sie all ihre Geheimnisse unter den neugierigen und misstrauischen Augen der Zwillinge Charlotte und Jonathan und diesem naseweisen kleinen Peter bewahren?
Doch so sehr sie sich anfangs mit List und Tücke gegen die drei Geschwister zu wehren versucht – irgendwann wird den Neuen klar, was nachts im Keller vor sich geht, und zum Schluss tritt die größte Verwandlung ein: Feindschaft wird Freundschaft, Eigenbrötelei fröhliche Gemeinsamkeit, und alle zaubern miteinander, fliegen durch die Sommernacht, landen auf der Turmspitze der Kathedrale, verwandeln die neugierige Nachbarin in eine Kröte und entdecken schließlich unter den Häusern einen Geheimgang aus Cromwells Zeiten. Der Fund vollendet die Studien des Großvaters, vor lauter Glück und Dankbarkeit schmilzt sein strenges Herz, und er erkennt, welches Unrecht er fast seinem geliebten Enkel angetan hätte. Und da ihm dieser Enkel vertrauensvoll das Zauberbuch überlässt, kann sich der Leser ausrechnen, dass beim guten Ende des Mitternachtsfestes die besten Überraschungen passieren.

Die Zauberei ist ein klassisches Beispiel für die Struktur der fantastischen Geschichte im Stil der bedeutenden britischen Autorin Edith Nesbit (1858–1924). Da wird zuerst einmal die Umwelt frei von erziehungsberechtigten Erwachsenen gemacht, und die Helden der Geschichte sind immer Geschwister – als kleinste soziale Gruppe –, die ihre Freiheit ohne Eltern genießen können, die sie mit Regeln und Vorsicht eingeschränkt hätten. Die übrigen Erwachsenen werden so angelegt, dass sie ebenfalls nicht stören, dieser Großvater ist so studierzimmergebunden und vor allem so unerfahren mit Kindern und ihrem wahren Leben, dass er sich weder kümmert noch etwas merkt. Die Haushälterin spielt ebenfalls die klassische Rolle der Köchin, die für Liebe und Trost und gutes Essen sorgt, aber eigentlich immer froh ist, wenn ihr die Kinder aus dem Wege sind.

Der Schauplatz ist die Vergangenheit, aber der Leser erkennt rasch, dass es der Autorin um mehr als Zauberei und Spannung geht: Hinter all den Abenteuern und dem Spiel mit dem Unwirklichen steht das pädagogische Prinzip der Erziehung zur Freiheit und in Freiheit, zur Selbsterkenntnis, zu Gewissenhaftigkeit und Verantwortung für andere. Das setzt voraus, dass die Autorin jeden ihrer Helden mit einem ganz bestimmten Charakter und dessen Glanz oder Tücken ausrüstet. Nicht das Abenteuer lenkt die Kinder, sondern alles, was geschieht, ergibt sich aus der Persönlichkeit der einzelnen Darsteller. Und der eigentliche Zauber ist nicht die Verwandlung in Katze oder Vogel, sondern die Wandlung zum Beispiel der wüti-

gen und bedenkenlosen Sarah in einen jungen Menschen, der sich traut, seine Wut und Bosheit aufzugeben. Auch das ist das Erbe von Edith Nesbit: Ihre Kinder sind zu Beginn der Geschichte ebenso besessen von den verrücktesten Geschichten, wollen reich sein und sinnverwirrend schön, schon erwachsen und Ähnliches, und müssen im Lauf der Geschichte erkennen, dass Treue, Freundschaft und selbstlose Liebe die wahren Schätze sind.
Das für damalige Zeiten recht Außergewöhnliche: Diese Entwicklung gilt auch für Erwachsene. So sind es die Kinder, die den strengen und egozentrischen Großvater durch ihre Zauberei, aber vor allem durch ihren Mut und ihre Aufrichtigkeit und ihre neu gewonnene Solidarität mit der ihm angemessenen Freiheit beschenken: Er fliegt, so wie die Kinder fliegen können, ungebunden, unbeschwert und so hoch über allem, dass es ihm möglich ist, das eigene Dasein in seinen bisherigen Grenzen aus einer großen Distanz zu überblicken. Und selbst die neugierige Nachbarin hat als erdgebundene Kröte mit ihren schönen goldenen Augen neues Glück im alten Leben gefunden.

Sybil Gräfin Schönfeldt